U0597077

眼亮花

张敬滋

编著

中国书籍出版社
China Book Press

一本好书，一篇赏析好文，收获是1+1＞2的精彩

图书在版编目(CIP)数据

眼亮花 / 张敬滋主编. -- 北京：中国书籍出版社，2021.7

ISBN 978-7-5068-8583-6

Ⅰ.①眼… Ⅱ.①张… Ⅲ.①散文集–中国–当代 Ⅳ.①I267

中国版本图书馆 CIP 数据核字(2021)第 144656 号

眼亮花

张敬滋　主编

责任编辑	韩景峰　成晓春
责任印制	孙马飞　马　芝
出版发行	中国书籍出版社
地　　址	北京市丰台区三路居路 97 号(邮编：100073)
电　　话	(010)52257143(总编室)　(010)52257140(发行部)
电子邮箱	eo@chinabp.com.cn
经　　销	全国新华书店
印　　刷	成都兴怡包装装潢有限公司
开　　本	787 毫米×1092 毫米　1/16
字　　数	190 千字
印　　张	12.5
版　　次	2021 年 7 月第 1 版
印　　次	2021 年 7 月第 1 次印刷
书　　号	ISBN 978-7-5068-8583-6
定　　价	56.00 元

序　言

◎ 兰鹏燕

　　张敬滋先生要编一本关于读书的书，嘱我为之序。我是乳山游子，加之忝列文人，也想为家乡做点弘扬文化的事，于是就应承下来了。

　　早年离开家乡时，记忆里乡土是一片贫弱。人穷，山水也不耐看，更不要说文化了。倏忽五十年过去，家乡旧貌不再，而且漫山遍野开满了艺术之花，文学艺术人才一批又一批地冒出来，让我欣喜不已。

　　造物主眷顾家乡，乳山海口挺起一座乳峰，浑圆丰秀，宝孕光含；著名作家冯德英的长篇小说《苦菜花》又塑造了一个母亲形象，慈祥刚毅，襟怀博大。这独一无二的母爱地域文化，彰显出自然与人文相谐共生的主题。母爱的高贵与博大，使母爱文化具有永恒的地位。2007 年，冯德英文学馆在乳山建成，成为省内第二座个人艺术馆，是胶东半岛城市群之唯一。毫无疑问，这也给乳山儿女增添了文学艺术方面的激励与童憬。接下来的十多年间，春风化雨，山花烂漫，"乳军"突起，势不可挡。艺术军团滚滚向前，文学、美术、书法、篆刻、音乐、剪纸等门类蔚然壮观。

　　在我看来，乳山的文化人大多有强大的社会责任感。他们以繁荣家乡文化为己任，携朋将友，策杖而行，时而将帅，时而军卒，既统领，又带头。张敬滋、高玉山、赵钧波、辛明路等诸君，赫然柱梁其间，在家乡大地上写就了壮丽的群英谱。

本书编者张敬滋，连任两届乳山市作家协会主席，去年离职。今春又谋划编辑《眼亮花》，拟 2021 年出版。这是一本书评作品集，收入的文章意在评价和推荐优秀书目，于普通读者而言，可起到导读作用。敬滋聪慧敏悟，擅写擅讲，更难能可贵的是有一颗济世之心。2009 年，敬滋当选乳山市作协主席，可谓受命于艰难之中。在资金匮乏、队伍散漫的境况下，厉兵秣马，当年就创办了文学期刊《大乳山》。在他连任的十年间，乳山文学队伍得到了壮大发展，文学事业如火如荼。在纪念作协成立十周年之际，他编辑出版了乳山作家作品集《笔耕路》，集中展示了创作成果。这些作品富有乡土特色，闪射着母爱文化、红色文化的光辉。

与敬滋初识，是在 2010 年春天，其时他正编辑《乳山艺术家》一书。他驾车来到威海，让我推荐在威海工作生活的乳山籍艺术家入集。他是摄影家，胸前挂一架"佳能"，要亲自为艺术家拍肖像。为了走访艺术家们，了解他们的艺术轨迹和成就，他花了两年半时间，跑了上万公里的路，其执着与坚持令我敬佩。有人问他：你既是作协主席又是企业领导，有那么多时间吗？为人作嫁衣能让你有这么大的热情？他淡淡一笑，承认自己愿意做这些事情，并能从中获得快乐。

在我看来，他的血液中从不缺少公益和奉献的因子。正因如此，现在的他不当作协主席了，又有意向广大读者推荐好书。书是开智之物，读书益智明理。多读好书就会深明大义、廉洁处事，成为对社会有用的人才。时下人少读书，不读书，变捧书为捧"机"。我想，敬滋对这种状况显然是警觉而痛心的，不然不会如此热心于荐书。

敬滋征集来的部分文章，大多出自威海地区的作家之手，以读后感居多，也有一些书评和序言。所荐书的作者有世界文坛巨擘，如马尔克斯；有中国当代文坛翘楚，如张炜；也有我们本地的作家，可谓天地同气。现就特别打动我的几篇文章，谈一点粗浅的感受。

先说泓峻先生的《当诗歌回归日常》。作者对新诗这种文学形式积极发声，道出了众多读者心中憋了很久的声音。"新诗已经成为极少数人十分专业化的行为，无论是诗歌的形式，还是其表达的内容，都离人们（甚至包括诗歌作者自己）日常的情感与思想状态越来越远。""'写白话诗歌'的人，整天端着一副诗人的架子，挖空心思地寻找惊世骇俗的思想情感与表达方式，越来越不食人间烟火。"

泓峻先生的观点，让我深有同感，因为我在捧读一本现代诗集时，竟然不知这些诗在说些什么，以至于让我怀疑自己是否患了智障。我是学汉语言文学的，我不懂的诗，谁懂？诗是写给谁看的？后来，我问诗人，诗人说："新诗发展有好几个阶段，前面的阶段你还能看懂，现在发展到定型阶段，你不研究，是看不懂的。"要看懂诗，需要配好"钥匙"才能入其门，就是说，诗对于老百姓，一定要关门吗？我还听说：新诗不能用韵，不能直接抒情，否则是犯忌。看来，从"五四"白话诗文中脱胎而出的新诗，已经变成了一种莫名其妙的文字。由此想到二十世纪八十年代后中国书法走过的路，什么"流行书风""前卫书法"，被老百姓称为丑书、拙书的那些作品，完全舍弃传统，不讲技法。我曾哀叹作为国粹的中国书法似乎已进入末世。好在，如今中国书法又复归传统，丑拙之书难以大行其道了。那么，新诗又会有什么样的命运呢？总该有人登高一呼。像泓峻先生这样置身于高等学府的人，拥有较多的话语权，但愿有更多这样的人发出呐喊，从而使新诗面向人民大众，回归到人的日常和生活的日常。

再谈谈洪浩的《告别机心，留住诗心与童心》。此作评介的是张炜的随笔集《思维的锋刃》。我曾读过张炜在万松浦书院的演讲稿《疏离的神情》《也说李白与杜甫》，惊诧于他超乎寻常的高论。用笔写出来的文章，和用嘴说出来的文章，终究不同。写出来的文章虽然工稳，但缺少那种现场氛围激发的心灵的交流，以及即兴闪射的流星般的思想光华。对于演讲的魅力，以前在电影中常有领略：列宁俯瞰式的演讲时，那光亮的脑门和挥舞的长臂，四十多年来时常在我脑海中激荡；丘吉尔对着话筒的大喊大叫，使英伦三岛的人民顿时血液沸腾。政治家和文学家的演讲内容不同，但是在效果上是类似的。张炜这样的书籍，可以让人直接触摸到他思想、思维的"锋刃"，甚至可以想象到他的体态和表情。

张炜是胶东这块土地上出现的有世界影响的一位大作家。同样作为胶东人的洪浩，以其诗文全才和透彻的领悟力，很自然地成为一个研究张炜的专家。洪浩在万松浦书院工作，经常参与张炜演讲的整理，还以特约编辑的身份主持了50卷本的《张炜文集》的编辑出版，所以对张炜的文学非常熟悉。洪浩愿意让更多的威海读者了解张炜，领略张炜的艺术，所以把这篇文章提供给本书编者。但愿读者读了他推荐的这本书，能够真正理解张炜反复强调的那些话，比如"文学是心灵之业"，"写好每一个字就好"，从而"告别心机，留住诗心与童心"。

作家刘爱玲的《上校与马尔克斯》，推荐的是蜚声世界文坛、获诺贝尔文学奖的拉美作家马尔克斯的中篇小说《没有人给他写信的上校》。这篇读后感我读了三遍，最终读成了散文，读出了命运相似的三个人物，那就是小说主人公上校、写《上校》的小说家马尔克斯，以及作者刘爱玲。简而言之，刘爱玲在《上校》中遇到了自己。是什么把这三人连在了一起？是命运和意志。小说的主人公上校，经过枪林弹雨洗礼后，陷于生活的困境，在长达几十年的时间里一直盼望有人给他寄来退伍金的信件，但终究不见鸿雁飞来。他的妻子怕邻居知道他家已揭不开锅，只能煮石头。小说的结尾，妻子问他："这些天我们吃什么？"他竟不假思索地说："吃屎。"

通过马尔克斯的自传《活着为了讲述》，我们知道，在很长一段时间里，富足与安逸与马尔克斯无缘。马尔克斯有一句决绝的话："要么写作，要么死去。"刘爱玲说："我必须为此致敬。"认识刘爱玲是在十年前，那时候的她是一个在生活的泥沼中艰难跋涉的写作者。多年来她的生活没有多少改变，但她仍百折不回地向前走。现在的她已是中国作家协会会员，成为省作协的签约作家。"上校的经历早已和我的经历混在了一起，我也为弹尽粮绝绝望过，也为不公平的事情坚持自我，还像上校一样总是装着点希望。"刘爱玲直陈了她与上校和马尔克斯之间的怜惜、愤懑和希冀。她的这篇文章早已超越了举荐一本好书的意义，而是描画了古今中外那些甘于贫困的艺术追求者"圣徒"般的精神与风骨。同时她也告诉读者，要想当作家，就要耐住寂寞，学会隐忍。这或许是万千读者、作者应该知晓的。

再谈一谈宋明磊的《和一本诗集的偶遇》。这是一篇短文，介绍的诗集叫《凡·高的向日葵开了》，文章字数仅有一千，而且有一半不是荐书。直接介绍书的文字只有一句话，但作者却抄录了诗集作者的自序——两首叫《吻》和《相思》的短诗，总共31个字。作者说自己在网上搜诗集作者的简介，也简单到不过20个字。但就是如此的"简短和简单"，却会引发读者对这本诗集的强烈的阅读感。

评述一本书的艺术性、思想性，让读者在未读前先知其义是一种方法，而像宋明磊这样，只给出了一个耐人寻味的“钓饵”，把读者“钓”出来，然后让读者深入到“阿夏河”中去探知河口的秘密，岂不也好。

最后，说说书名《眼亮花》。

周作人先生在他的文章中说，荠菜，俗名“眼亮花”，因为荠菜有明目的功效。在胶东，眼亮花开在早春，是野菜中最早开的花。它不择地带的逼仄阴暗，生命力很顽强。花儿虽小，却像星星一样，灿然而俏灵，极有诗意。我和参与编辑这本书的苏军、荒田商量了一套，决定把“眼亮花”作为书名提给敬滋，敬滋欣然同意。眼亮花，意思引申为：眼前为之一亮的花。也就是说，作家们推荐的书，是能够让读者们眼前为之一亮的。

其实还有一层意思：冯德英著“三花”，张敬滋编《眼亮花》，在文学的花园中又多了一花。山菊花、迎春花是草本的花，苦菜花、眼亮花则是野菜花，都是胶东人民心中的花。花有大有小，冯先生的花园也需要小花陪衬。从文学之花的集体容颜上想，会觉得“眼亮花”作为一部文集的标签，是一个不错的选择。

另，《眼亮花》的封底上钤了一方“隨崮无极”的印章，出自篆刻家于永强先生之手。隨崮，无极，是两座坐落在乳山市域的山，山名的字面意思分别是：稳固，广远。我们用这四个字代表乳山全境文化，并表达了对家乡文化的自信和期望，即：乳山文化稳固如磐，其影响将会辽茫广远。

祝愿敬滋主编的《眼亮花》获得成功。

祝愿《眼亮花》和它推荐的书成为能让读者心生喜悦的花。

2021 年 3 月 18 日于秋园

目　录

＝按作者姓氏笔画为序

于尘飞

○

抒写伟大时代　讲好文登故事

　　1975 年春的一个傍晚，文城文山街的一处老宅院，一位少年怯生生来我家拜父亲为师学习作曲。当时父亲是文登一中音乐老师，少年是一中高二学生。此后许多个傍晚或周末，从始初的拍节奏练乐感到后来学乐理读谱和声，少年学得很认真。不仅如此，他们还讨论当时"文艺汇演"流行的快板书、对口词等"群众艺术"。父亲曾感叹：这孩子很有心，将来有出息！果然，如今，"这孩子"不但在新闻、摄影、曲艺等创作领域成绩斐然，在文学创作方面也脱颖而出，一部 29 万字的散文集正式出版，这就是陈强伦和他的《故韵乡情》。

　　《故韵乡情》就是讲述文登故事。通过"灵山秀水""乡风民俗""地灵人生"三个版块，描述山水村寺，刻画各色人物，追寻如烟往事，书写世态人情，叩问历史时政。无论写史还是记俗，强伦兄散文中始终弥漫深厚的爱意与诗意，蕴含浓厚的个人风格和色彩，整部书既是对历史、文化、自然的扎实考量，也是对历史、文化、社会的深度思考。

　　强伦兄的散文讲求学术性和文学性的深度契合。我曾经和他开玩笑说：读黄仁宇的书惊历史可以这样写，读余秋雨的书奇散文可以这样写，读陈强伦的书惊奇历史散文可以这样写！虽有些溢美之词，但他在创作中一定认真琢磨了学术研究与散文创作之间的切合点，学术文章如何用文学语言书写，如何将文学笔法植入历史叙事。《不朽的驾山》对驾山的"官道""寺观"，《文登山·召文台》对文山老街、古召文台楼台与庙宇、今召文台和新召文台以及对万字会、香岩寺、甘泉寺、万石山的盛衰与嬗变、传奇与新生，均有详尽考究。文中引用了大量史料，运用了很多数据，文字严谨素朴却无晦涩枯燥，描写颇具写意感。如"汪疃、莒山、草庙子等乡镇驻地和叫不出名字的村庄像大把大把的谷粒撒在山间，青荣高铁像一根竹签"等等，几笔就勾勒出景色神韵。

强伦兄散文的突出特点就是"现场感"极强。"现场感"，是散文创作的一种非常文学化的方式，即以细腻的笔触还原历史，以丰盈的细节还原往事，以抒情的方式还原情境，而构筑这些"现场感"的则是种种日常生活细节，甚至是一些细枝末节。《拾忆当年话养猪》细细写了抓猪仔、挖猪菜、薅猪草、碾猪食、熬猪食、垫猪圈、积猪粪、逮肥猪、送肥猪、点猪钱、享猪肉，然后再抓猪仔的整个过程，生动有趣的情节让我没有这种生活经历的人读来也十分酣畅过瘾。"回到现场"能否有足够的笔力表达，是行文成败的关键。《赶碾的"猫儿爷"》对"赶碾"场面的描述和"猫儿爷"形象的刻画，《拴在磨道里的童年》对"拉磨扣""推磨"的描写，《让跑马灯跑回来》对"跑马灯"这一珍贵文化遗产的由来、传说、制作的记叙，可谓绘声绘色、活灵活现，"现场感"十足，让我们见识了作者驾驭文字张弛有度的功力。

十九世纪历史文化学派奠基人丹纳在《艺术哲学》中指出：作品的产生取决于时代精神和周围的风俗。如同莫言的高密东北乡，强伦兄散文抒情的原点是文城西北沙子村那方土地，那里流淌着他从青涩到成熟的人生，积淀着他对故土和乡亲的深情，所有的山川草木、世态人情，无一不激起他勃发的创作灵感：《母亲的偏方》《父亲的大国防》《五片桃酥》里深沉的母爱、父爱、师爱；《全家福，拍出来的仁孝家风》里童年时的天伦之乐和对外面世界的向往；《一把算盘话传承》里做人与做事的哲理；《地瓜》《抓周》《最忆儿时端午节》里扑面而来的浓郁生活气息……但他的书写又不止于那个小山村。"灵山秀水"篇，有对文登独有的五处天然温泉的考论和赞叹，对梧桐庵、柳林庄、万家庄等"美丽乡村"的古朴淳美和河圈村、西寨村等"社会主义新农村"发展蓝图的真情描绘。

"地灵人生"篇，他一定采访了众多知情人士，查阅了大量文史档案资料，进而通过丰富的史料、多元的视角、性格的还原来记述文登古今名人：元将刁通、明尚书丛兰、水利专家林一山、百岁将军张玉华，包括《红色传人王传》"一个人的天福山"，细节往往是最吸引人的，《林一山在胶东》里写了理琪在天福山起义后队伍是否西进的犹豫不定、雷神庙战斗后领导层激烈的争论，这些都在很大程度上还原了历史的多元性和历史人物的复杂性，让我们深刻体会革命的残酷和胜利的来之不易，更加烘托出革命者的伟大。

　　喜欢强伦兄的散文，还因为我是一个土生土长的文登人，书里有太多我熟悉怀念的场景：万石山，1970 年代文城人称它"老头儿背老婆儿"山，我上小学的时候学校组织摘松果都是去那里，因为路远，中午得带干粮，那是我当时每年可以去大众饭店买两个火烧的唯一机会；万字会，上初中的时候每天早晚都要路过，当时是县武装部干部宿舍，院里住了很多户人家，偶尔进去找同学，记忆中就是红门、红窗、红柱子以及柱子下一堆堆的白菜、萝卜和散煤；当然，还有文山街"石铺小径"也就是当时所称"文山石头道儿"和"挡道楼"，我家曾经在石头道儿邻北的一个老宅院租住了八年，因为母亲就在道南的挡道楼也就是县被服厂工作，那时厂里主要做出口日本的"孔雀"牌绣衣，至今记得母亲带领工友们加夜班在楼前打包钉箅装车的紧张情景；《河边的白杨树》里那条今已消失的文城南道，小时候拾铁、拾粪、薅熟草、坐父亲自行车大梁去七里汤或电厂洗澡都要经过那里，文章让我想起了那时路两边高高密密的白杨树，仿佛听到了风穿过树梢间沙沙的声音，闻见了杯叶飘落散发的清香……

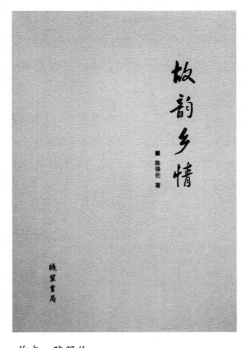

作者：陈强伦

出版：线装书局

出版日期：2020 年 9 月

习近平总书记指出，时代是创作的主题，生活是创作的源泉。人民是创作的源头活水，只有扎根人民，创作才能获得取之不尽、用之不竭的源泉。要走进生活深处，在人民中体悟生活本质、吃透生活底蕴，只有把生活咀嚼透了，完全消化了，才能变成深刻的情节和动人的形象，创作出来的作品才能激荡人心。

生活是无字的作品，作品是有字的生活。这些年来，强伦兄所有文艺作品，自始至终是在用真挚深沉的情感抒写伟大时代，讲述文登故事，挖掘"文登学"丰厚的文化底蕴，追寻"红色文登"凝重的革命历史，歌颂文登人民的勤劳质朴和幸福生活。事实证明这是一条非常正确且有强大生命力的创作道路，符合习总书记对广大文艺工作者在新时代提升思想和艺术境界的新期望和新要求。《故韵乡情》正是践行了习总书记所强调的"四力"（脚力、眼力、脑力、笔力），每一篇作品皆可谓跋山涉水，用尽苦功真功，所以才力透纸背，字字如玉！正是把握了正确的创作导向，真正做到了"有信仰、有情怀、讲品位、讲格调"，所以才"有正能量、有感染力，能够温润心灵、启迪心智"！我相信强伦兄沿着这条道路继续走下去，他一定会逸兴云飞、才思泉涌，创作出更多"接地气、传得开、留得下"，为广大人民群众所喜爱的优秀作品！

于尘飞，笔名晨风，1965 年 9 月出生，毕业于曲阜师范大学历史系，威海市文登区作协会员，现任威海市文登区行政审批服务局党组成员、副局长。所创作散文、小说、文学评论及影评散发于《威海日报》《威海传媒网》《文登文艺》等。

于冠卿

○

季羡林先生是我的好老师

——读《读书与做人》有感

您认识季羡林先生吗？他是中国当代著名的文学家、教育家、语言学家、理论家……1930 年考入清华大学西洋文学系，后留学德国。归国后创办北京大学东方语言文学系，历任北京大学副校长、中国社会科学院南亚研究所所长。

季羡林先生学贯中西，博古通今，研究跨越十四个学科。季羡林先生笔耕一生，留下两千多万字的文化遗产。著有《糖史》《中印文化交流史》等，翻译了《罗摩衍那》等十多部外国作品。季先生以散文著称，他的散文文笔平实，情感诚挚，备受读者喜爱。称其为散文大师，其中多篇选为中小学教材以及中高考卷，被誉为"学术界泰斗"。

我早在二十年前就读过季羡林先生的作品，对我的文学创作产生了巨大影响。最近阅读了季先生的《读书与做人》，感受颇深，受的教育最大，学习的东西最多，这里谈几点体会。

"学问即人生，做文先做人"

有人说，"读书不在读了多少本，而在于你读懂了多少本。"这话不假，读书不在多，而在自己学到了什么？读了《读书与做人》这本书使我懂得了"做文先做人"的道理。

现在写文章和出书的人多了。我也是个写书的人。现实中确实像季先生说的不少人自己都没做好人，却在写文章，他怎能去教育别人呢？

众所周知，"文章是教育人的"。写文章的人的观点不正确或个人的"人品"不正，他的文章自然而然流露着不正确的东西，这样的人对社会对他人的不良影响就不言而喻了。

季羡林先生说，"做文先做人"的道理，充分揭示了一个写文章的人必须具有正确的世界观和优良的"人品"。我是一名写作者，我深知"做人"的道理。做不好人，就不能写作，写了也不会有好结果。我想这样的例子举不胜举，所以季先生的这句话是"金玉良言"。

"希望" 和 "信念"

季羡林先生写过《〈燕园幽梦〉序》（又名《写给北大青年的话》），其中有这样一段话："中国古人说，'满招损，谦受益。'我希望你们能够认真体会这两句话的含义。'倚老卖老'，固不足取，'倚少卖少'也同样值得青年人警惕的。天下万事万物，发展永无穷期。人外有人，天外有天，'老子天下第一'的想法是绝对错误的。"（这些话是针对当时北大有些青年学生的骄傲情绪，故步自封的现象而写的。）他还说，"你们对我们老祖宗遗留下来的'浩如烟海'的文学作品必须有深刻了解。最好能背诵几百首旧诗词和几十篇古文和洋文，牢记在心底，这对于你们的文学创作和人文素质的提高，都会有极大好处……这对你们的文学素养是决不可少的。如果能做到这一步，则你们必然能够融会中西，贯通古今，创作出更新更美的作品。"宋代大儒朱熹有一首诗，他觉得很有针对性，很有意义，给大家看看。

少年易老学难成，
一寸光阴不可轻。
未觉池塘春草梦，

阶前梧叶已秋声。

这首诗，不但对青年有教育意义，对我们老年人也同样有教育意义。

他还说，"你要永远记住自己是一个北大人，一个值得骄傲的北大人，这个名称会给你带来美丽的回忆，给你们无量的勇气，给你们奇妙的智慧，给你们美好的憧憬。有了这些东西，你们就会自强不息，无往不利，不会虚度此生。这是我的希望，也是我的信念。"

季先生这些话虽然是对北大学生说的，也是对我们所有人说的。现在不少人知识不多，学术颇浅却自我满足。看到别人在写文章，他也鹦鹉学舌，也写文章。文章写得不怎么样却沾沾自喜，那不知名"小报"给发表了，便高兴得手舞足蹈，拿着它到处炫耀。自称什么"作家"，所以这样的人永远也写不出什么好作品来。

我觉得季先生说的对，"人外有人，天外有天"，"老子天下第一"的想法绝对要不得。我们要老老实实做他"希望"的人。

"不完满才是人生" 辨

季先生说，"每个人都争取完满的人生，然而，自古及今，海内外，一个百分之百完满的人生是没有的。所以我说，不完满才是人生。"

季先生举了很多例子，如"人有悲欢离合，月有阴晴圆缺"，"人无完人，金无足赤"。这说明事物的发展规律，"万事不能要求十全十美"，但这并不等于说，我们做事可以不成功，可以不用去

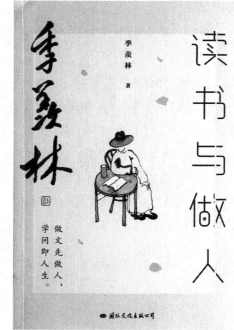

作者：季羡林
出版：国际文化出版公司
出版日期：2020 年 10 月

追完美。我是这样想，世上的事物不可能百分百的完美，但对于我做事时却要努力去追求完美，只有这样干事的成功率才高。如果我们干事根本不去争取百分之百的成功，那么干事的成功率就低。这就是说，即使成功率在百分之九十九，我们也要付出百分之百的努力。也就是说，"成功率"是一回事，干事的努力程度是一回事。

另外，季先生说的"不完满才是人生"是指事物的发展事态的客观性，这是真理。有些人空想为追求个人利益或某种奢望去达到"完美"，这是不实际的，而对于我们干事业，干工作，完成某项科学研究来说，不能以此来论。

说到人生，也是如此。人无完人，一个人的一生不可能"事事满意，事事顺心"。一个人也不可得到万物，包括江山、财产、美人等等。反回来说，不能以"人生不可能完满而放弃努力"。该争取的还要争取，该努力的还要努力。当然必须是正当竞争和无损害他人的利益的努力。

只有争取理解季先生的话，对人生才有意义。您说对吗？

于冠卿，1943年7月生，原文登实验小学校长。2009年至2016年任文登作协主席，现任文登区作协名誉主席。系山东省作家协会会员，山东省青年作家协会常务理事，威海市作家协会主席团成员。主要作品有长篇小说《开心果》（曾获山东省长篇小说一等奖，"文登学奖"金奖），长篇小说《追梦》（曾获"文登学奖"金奖），2014年出版《美艳皇后——萧观音》。创作戏剧：2007年大型京剧《李龙王》（获首届泰山文艺奖），大型吕剧《英雄的天福山》。影视作品有：电影文学剧本《市长夫人》（曾获第二届"文登学奖"金奖），电影文学剧本《爱情接力》（曾获威海文学奖二等奖）。2014年获评"文登区首届文化名人"。

于福水 ○

一本让人静下心看的书

丛桦是 70 后，也许是同龄人的关系吧，我一直喜欢她的散文，看了感觉特别亲切。

她的文字纯净优美，语言谐趣横生，能引起人的共鸣。很平常的事情，经她写出来，往往几句话，就能让人忍俊不禁，也往往是几句话，就让人心酸感伤。

丛桦是以自由自在、我行我素的姿态写作的，她不去刻意追求社会效果，为了写作编故事。作品最重要的风格是真、率真、真性情。她用真诚的文字，把女汉子的洒脱和小女人的细腻，糅合在一起，让人耳目一新。那些喜怒哀乐，经她随手拈来，情真意切而又挥洒自如，让人不由自主地就随着作品里的人物同悲同喜。从中也可以看出，她的生活品位和情趣。在作品《悲剧》中，作者喜爱的古玩被七岁的儿子无意打碎了，面对碎片："我没打他，我连看他一眼都没看。完了，爱或者恨，无所谓原谅，无所谓痛惜。""瓷器是无辜的，地板是无辜的，孩子是无辜的，他只是不小心，谁不是无辜的？""不可说，不可说，因为这是一个关于碎片的结局。"寥寥数语，伤感经典，触动心灵！

她的作品生活气息浓厚，感觉就发生在自己身边。写的一些乡村记忆，特别适合中老年人怀旧。我七十岁的母亲，平日很少看书，由于生活圈子小，基本不下楼。我拿丛桦这本书给她看，纯粹是让老人消磨时光，排遣寂寞，没想到她会看得入了迷。第二天就让我帮她把老花镜换换，说这本书挺好看，要配副眼镜好好看完。我妈看得身临其境，情绪随着作品中的人物起伏，还会安排熟悉的场景人物和作品对号入座，看毕，我妈得出了一个结论：这本书不是瞎编的，写的都是实事。其实写作的人都知道，任何一篇文章，没有百分之百的真实，都经过或多或少的加工，但能让读者读起来真实亲切，有兴趣看完，感觉不是瞎编，就是作者的成功。

她写的《牙医的女人》，一个很普通的农村妇女，在我们生活中处处可见，没受过多少教育，也没啥兴趣爱好，生活中就是老公孩子家务活计围着转，这种女人被生活所累，活得泼辣、活得粗糙、也活得迟钝，平常生活中随处可见的小感动、小幸福，她却觉不出来。丛桦和她有一段对话："你做了可口的饭菜，看着孩子们吃得开心，你不觉得幸福吗？"牙医的女人回答："这都是我应该做的，他们吃完了，我还得刷锅。"让人看了忍俊不禁，刀子嘴豆腐心的母亲，跃然纸上，塑造得栩栩如生。

丛桦的散文具有古典文学的素养，却不乏传统浪漫的情怀。有人说，丛桦写的《大悲咒》于她、于散文界都是一个质的飞跃。其内涵的深度，独特的感受力独具慧眼，虽为女性，文字却有着很多男性作家所不及的大气。作品中那份真挚执着的情感叫人惊心动魄。掩卷许久，心仍不能平静下来。

《大悲咒》写的是 1947 年，结婚 18 天的新郎去了台湾，从此夫妻不得再见。"此后的六十多年中，她做梦都想见到丈夫，直把一头青丝熬成银发。""她一直活在自己一厢情愿的幻象之中。她不愿意接受，他们的悲剧，不是战争的悲剧，是

作者：丛桦

出版：百花文艺出版社

出版日期：2015 年 1 月

爱与不爱的悲剧。她不愿意承认，他从没爱过她，而她爱他，心里只有他。"

"她不能理解，同是形影相吊，他的痛苦其实比她更为深重，天涯沦落，家业荒芜，无力衣锦还乡，他早已万念俱灰。于是六十年前，她自喜郎君如意，他无奈奉命成婚；六十年中，她心心念念，他无影无踪；六十年后，她跋山涉水，他拒之千里。"

　　运用淡然舒缓的语气，一步步把读者带进了文字中，让读者跟随着作者去感触落寞伤怀。富含哲理的话语，深刻睿智，仿佛在无形中有一根线牵引着你，去深思、探究。

　　《山有木兮木有枝》是一本能让不同年龄段读者静下心来看的书。看看吧，你会感觉到这是种很奢侈的享受。

　　于福水，原名于海英，女，文登市作家协会副主席。自二十世纪九十年代至今，在《散文百家》《青年一代》《知音》《家庭》《女友》《演讲与口才》《做人与处世》《中国青年》《人生与伴侣》《知音女孩》等杂志发表作品 400 余篇，被期刊界誉为常青树。主写社会纪实、亲情亲子、婚姻情感。保持在省级以上刊物年发表作品十万字以上。

王肖杰

〇

走向成熟的必由心路

——读《少有人走的路》

在媒体独霸天下的时代，没有做任何宣传，仅仅靠原始的口耳相传，却能走上《纽约时报》畅销书排行榜，会是怎样一本书？排行榜一上便是 20 年，又会是怎样的一本什么书？——它一定是切合时代，道出了人性，对所有人都有帮助的书。这是我读完本书之后的最大感受。它走红于二十世纪七十年代的美国，契合了那个时代；如今翻译到中国，一下子又成为畅销书，说明中国人也遇到了当年美国人同样的问题。

什么样的问题？心理问题。心理问题是一个很复杂的问题，但被美国前总统林肯称为"美国的孔子"的爱默生先生说过一句话："我们长期以来的想法和感受，有一天将会被某个陌生人一语道破。"如今，我们长期以来的想不通、说不出的东西，被一个美国的心理从业医生 M. 斯科特·派克说出来了，说得那么透彻，好像他不是美国人，而就生活在你我身边。

作者认为人生苦难重重是自然现象，而解决人生问题的首要方案就是自律，即自我约束。如果缺少这一环，不可能解决任何麻烦和困难。这一观点与中国儒家思想的"一日三省"几乎同出一辙。自己的问题，一定要自己才能解决；野地里的烂草莓，用手可以拔掉；心理上的"烂草莓"，一定要用心才能拔除。抽屉里的东西多了，过一段时间会清理一下，把不用的东西丢掉；可心理上乱七八糟的东西多了，却很少有人主动地去清理。

作者认为，自律的核心是以积极主动的生活态度去解决人生的痛苦。这句话确实道出了人生的真谛，不论何人、何时、何地，积极一定是好的，对别人好，对自己也好。把自己的心理调整到积极状态的能力，是最大的心智力量，也是成功的最大动力。

西方学者更擅长分析。作者把"积极"分为四个方面：推迟满足感、承担责任、尊重事实、保持平衡。其中"推迟满足感"对于幸福有非常大的影响。现在人们更愿意"娱乐到死"，为了短期的好处而争争讲讲，为眼前的安逸而放弃努力，或当下有一点点不如意，便情绪激动。这种生活态度把自己搞得很浮躁。如果能把满足当成期待，生活会大变样。什么样的日子是幸福的日子？一定是有盼头、有希望的日子。米饭里有枣，先吃枣还是后吃枣，反映了不同的人生观。哀莫大于心死，当一切享受都享受之后，心里就不是满足，而是荒凉，所以李叔同会遁入空门，宁愿脱离一般人羡慕的花花世界，去过平平淡淡的僧侣生活。人的成长是有代价的，这个代价就是部分的放弃，是自己与自己的斗争，是理性与天性的斗争。人的理性是积极向上的，而天性是懒惰松散的。

书中提到了"熵"的概念，1850 年，德国物理学家鲁道夫·克劳修斯首次提出熵的概念，用来表示任何一种能量在空间中分布的均匀程度，分布得越均匀，熵就越大。热量只能从高向低流动，一个热馒头，一个冷馒头，放在一起，一定是热的变凉、凉的变热，而不会相反。最终一个体系的能量会完全均匀分布，这就是热力第二定律。

这个概念后来被应用到多个领域，比如经济领域，多家企业竞争的结果，是这几家企业的利润率越来越平均。然而与之相反的是，人类的进化却从低级到高级，走出了一条完全不同的路。从单细胞到多细胞，从海洋到陆地，从简单到复杂，从依赖到独立，一步步地突破自我。成长就是突破，它不会自然而然地来到，而需要人的主观努力，而且持续不断。

一个人平平常常、从从容容确实是"真"，是自然属性；但要成长，就要不断努力，没有人能随随便便成功。自然之道，如顺水行舟；人类之道，如逆水行舟。所以人类有苦难，有奋斗，有牺牲，同时也有幸福，有成功，有感动。中国的道家更像自然之道，随行自然，没有痛苦，但也没有快乐；中国的儒家更契合人类之道，努力追求中庸，寻找和创造人类社会的自然之道。

"爱"是心理学里绕不开的主题。作者认为真正意义上的爱，既是爱自己，也是爱别人，二者之间是两条并行不悖的轨道，爱的结果是两者之间越来越接近，最后界线模糊不清，甚至完全合而为一，就像孟子所说："老吾老，以及人之老；幼吾幼，以及人之幼。"

爱不等于"坠入情网"。作者一语点破坠入情网的特点：通常与性欲有关。不管我们怎么爱自己的孩子，都不可能与他坠入情网。坠入情网一定不会持续太久，不管爱的对象是谁，爱得多么轰轰烈烈，最后双方都会从情网中爬出来，回到正常的生活。这与老子所说的"企者不立，跨者不行"（踮脚站不会时间长，迈大步不会走得远）的意思几乎完全相同。坠入情网唯一的好处是消除寂寞，可惜热恋之后还是要归于寂寞，甚至更大的寂寞。它不像电影、小说里描绘得那么美好，更不是我们追求的方向，正好相反，它是情感和心灵的退化现象。才子易坠入情网，与他的心智弱有关系。俗话说："秀才造反，十年不成。"为何不成？一般读书人在知识方面的训练比较多，而在心理方面经验太少。现在对孩子的教育太重知识，可能也会出现同样的问题。

爱有时候是一种依赖。这种依赖只是一种心理满足，他不在乎依赖的是谁，只要有人可以依赖就满足了。而真正的爱，首先建立在自由与独立的基础之上。想让别人真正爱你，恐怕只有让自己变成值得爱的人才行。"依赖一个人"与"爱一个人"有着天壤之别，依赖是从别人那里要，爱是给别人。爱，是一种能力，自己一无所有，拿什么给别人？当然"给"的不一定是物质，知识、鼓励同样是给，但如果自己不注重学习思考，如何给别人？自己没有积极的心态，怎么去鼓励别人？

从这个角度讲，教育的本质就是向依赖告别。没受教育的人，心智会始终停留在婴儿期。婴儿的特点是衣来伸手，饭来张口，自己不用付出任何努力，就可以得到所有一切。现在孩子的问题，多缘于此，尽管身体成长、年龄增加，但在心理上仍然是婴儿。母爱是伟大的，因为母爱是无条件的，母亲不因为孩子乖而爱，而只因为是自己的孩子就爱，这是人类的自然属性。父爱是有条件的，他更爱那些听话的、表现好的、与自己像的孩子。

"鞭打芦花"的故事可以很好地说明这一点。春秋时期的闵子骞八岁丧母，父续娶后妻姚氏，生闵革、闵蒙二子；继母疼爱自己亲生的儿子，对幼小的闵子骞倍加虐待，冬天给自己的两个儿子用丝做絮（春秋时尚无棉花），给闵子骞却用芦花作絮，看起来三人穿得一样厚，但保暖性差很大。有一次父亲外出，闵子骞赶车，手指冻僵，抓不住缰绳和鞭子，牛车翻倒在雪地里。其父见状，以为闵子骞真像继母常说的那样懒惰无能，非常生气，拾起牛鞭怒抽子骞，不料鞭落衣绽，芦花纷飞，才知道是后妻虐待，回家就写下休书，要将后妻赶出家门。苏醒过来的小子骞却长跪在父亲面前苦苦哀求，说："母在一子寒，母去三子单。"父亲听了，没有休妻；继母听了，痛改前非。

《论语》里有"孝哉闵子骞"的记载，可见这个故事的真实性很大。仔细分析，后母爱虐的标准，不是孩子的现实表现，而是他们的出身；父亲对孩子的爱，则与孩子的出身无关，因为三个孩子都是他生的。中国人很早就知道这一点，所以把教育的职责交给了父亲："养不教，父之过。"孟母三迁的故事中，孟子的母亲其实是担当了父亲的职责，因为孟子的父亲去世得早，母亲把孟子拉扯大。孟母的伟大之处在于她克服了母亲的自然属性，用理性把孟子培养成人。母亲把孩子永远当成婴儿来爱，其实是一件非常可悲的事情：心智不成熟的母亲，用"伟大的爱"培养了一个心智不成熟的孩子。

爱并不容易。因为爱并不仅停留在思想层面，更体现在行动中。在我们认为爱别人的时候，却经常与被爱的人发生冲突。父母爱子女，天经地义，但很多父母困扰于孩子的不领情，甚至叛逆。我们不能过分要求孩子，而应当从自己身上找问题。当我们与别人发生冲突的时候，本质上是告诉对方：你是错的，我是对的；而真心爱别人，就会承认对方是与自己完全不同的独立的人。所以富有爱心的人也经常处于两难的境地：一方面要尊重对方的独立性，一方面又渴望给予对方以指导。爱，真是不容易。

西方所宣扬的博爱其实只是一种观念，一种感觉，现实生活中没有办法实施。理由很简单：没有足够的时间。爱需要付诸行动，可是一个人每天只有24小时。所以现实中的爱是有差别的，爱自己的父母一定会超过爱邻人的父母。儒家主张先从爱自己开始，到爱家人、爱乡人、爱国人、爱天下人，这种思想与人们的普遍心理和行为高度一致，所以儒家得到了普遍接受，今天仍然有生命力；而稍后于孔子的墨家，主张"兼相爱，交相利"，要求人们爱自己与爱别人一样，这样全世界充满爱，纠纷、战争就全没有了。逻辑推理很严密，但很难实现，所以只能是空想，墨家最后趋于消亡，与其爱的"不可行性"有很大关系。

书中还探讨了宗教与科学、潜意识、集体无意识以及偶然等等。作者认为世界上存在着两种力量，一是政治的力量，二是心灵的力量。政治的力量是外在的、公开的，而心灵的力量是内在的、隐秘的。作为一个人，应该拥有驾驭人生的强大的心智力量，这种力量源于永不停歇的学习和自我修正。学习和修正的过程是艰苦的，但拥有强大的心灵力量，人就会觉得舒适而愉快，这是一个非常美妙的人生体验和人生境界。

当然，到达这个境界之后也会有问题，最大的问题就是孤独。孔子曾说"莫我知也夫"，耶稣也常因为无人了解他而沮丧，但即使如此，作为一个人，还是应该迈向心智成熟之路，用自省对心灵进行自我治疗，完成成长的意愿，达到成长的目的，成为一个真正的人，不辜负自然界对自己的馈赠。

作者：（美）M. 斯科特·派克

出版：北京联合出版公司

出版日期：2020 年 10 月

王肖杰，生于 1969 年 8 月，山东乳山人。中共威海市委党校副校长，出版过长篇小说《挂职村官》、历史散文集《说史记》等专著。《威海日报》《威海晚报》专栏作者、特约评论员。2007 年创办"相聚星期三"读书沙龙，坚持举办了 14 年，荣获全国"书香之家"、山东省"全民阅读推广人"等称号。

王春波

〇

作品的快乐

此一本书，是杨秀斗女士的第四本散文集。

前几本我也认真地读过，曾经感受过她的内心世界和文采。此书当然又有了一种新的感觉。

秀斗的作品应当是属于女性文学的范畴，其作品的样式及作品的格调也有女人的细腻。此种写作，直接参与了女性的敏感，也当然要展示女性的机敏。

女性文学不是一种特点，而是丰富多彩的。但是，女性的感觉大都有着自己的价值取向。从女性的生理与心理来说，女性的感觉与男性当然不能一样。世界五彩缤纷，男女却只有两个阵营。这样的格局，当然也就只能出现大致相同的意识。秀斗女士属于其中的一个，却也属于女性群体中的一个。她的感觉与她的心灵自然也就无法排除女性意识。如此，她的作品里充满了女人的心细。

对于社会群体当中的无数人物，她多于关切，也多于感动。那种无所畏惧的情感流露，有着她内心的典型真诚。这就是她的内心世界么？为生活的感想而写作。纯粹为一种感觉而写作。书目中有许多篇什，如《心知如此》《玫妮儿》《海梦》《苦苦去追寻》，这些作品都有一种她对于生活的感叹，展示出她的细腻，是典型的女人心态。

在《心知如此》中，那两个人物的邂逅，彼此的想法都是探听探听虚实，如此，便有了两个人物的夜光下的交流。后来便有了一种男欢女爱的通俗故事。当然，一般来说，此种故事结构也是如此而已，但她却让一个大姐插入，后来便有了朦胧的感觉，此种感觉还是一种男女之间的东西，却已经变形，让上个人物丰满起来。

她的作品里大都有着男女间的感动，也有关于旅游的风光描写。此种风光旅游的故事，也是她关切的东西，她能够将一切美好的东西统统写下，都是那种令人轻松的感觉，相信她的此种心理是无法回避的，她对于人间的事物都抱着乐观的态度。此种感觉当然是她的内心的感动，然后再将此种感动拿来感动读者。

从里边的大量文章来看，秀斗女士的写作与她的阅历有一种默契。她是医生出身，此种职业比起来其他的女性更多的是了解了人类的全面性。人物是由躯体与心理构成的，心理与体态的和谐统一才是人类的本性。医学知识的丰富，使得她能够全面地解放自己的感觉，写作出一个一个的诚恳待人的人物。

她毕业于莱阳医专药学专业，历任药剂科副主任、主管药师、院办秘书、副主任、主任，后来考取机关公务员到荣成市卫生局工作，任办公室副主任。她参加过多种医学界的理论与研讨会议，有着多种医学文凭。而同时又参加过多次文学班的培训，从中汲取文学素养。

近些年，她拓展写作的路子，在《散文选刊》《老年教育》《胶东文学》等全国各种卫生报刊发表许多文学作品。其中有不少作品荣获过全国扶贫文学赛奖励、全国萧伯纳散文赛奖励、北方百草文学创作赛奖励等。此外，她在工作方面也是出类拔萃的，先后荣获过威海市人事局、卫生局先进工作者称号，荣成市市委、市政府给予她记功奖励。

如此说来，她当是一个优秀的医务工作者，于是，她的文学之路也就更显得新奇。她能够将工作与文学有机地结合在一起，面面俱到，可见其生活状态的运用自如。

可能与其医生的职业有关，她的医学知识自然不必多说，甚至她的艺术感觉同时还有着与绘画相关的东西。这是她的另外的一种艺术感觉，她对于绘画艺术的充分领悟才使得她能够将景物描写到位。她的色彩的运用是适当的，也是贴切的。

我是绘画出身，当然对此有些认同感，秀斗女士的绘画艺术感觉恰恰有着与文学对应的感觉。正是如此，她的许多景物的描写非同一般。绘画讲究色彩，写作当然也讲究用笔。秀斗女士的文章是有意境的，用绘画的结构来充实自己的人物与景物，有些是大写意的感觉，有些是工笔的细致。半工半写也有中国画的韵味。人物，场面，风光，都可有机地组合起来，这是她的过人之处。她过去的几本散文集里，大都在展示自己心态的同时，也或多或少地表现了她对绘画的理解。

当然，在此，我想说一下秀斗女士的创作心态。如今，作家能够刻苦创作，远离浮躁，的确需要平常之心。自古以来，文人大都是在功利场角逐，说文学是敲门砖便是流行之言。大量的文章一旦浮出水面，其名利也紧跟其后。人们角逐得气喘吁吁，有些人物便洋洋得意，有些人便是江郎才尽，久经沙场后便是淘汰无数英雄。

如今的文学界早已不是过去可一夜成名的时候，人们早已习惯地去弄其他的时髦，明星效应早已深入人心。在开放之初，人们自然就是要看看文章，自然要将作家当成非一般的人物。可如今，文人已经不算是什么，电视可是叫人无法抗拒，当然，还有要富裕的人们，早弓下海经商赚钱，作家这行当已经失去诱惑。于是，读文章的不多，感受文章的也是凤毛麟角，作家自然而然便狼狈。于是，秀斗女士能够孜孜不倦地写作，淡泊名利，实为难得。

作者：杨秀斗
出版：作家出版社
出版日期：2002 年 7 月

秀斗女士作为一个医生，从事医学理论与医务工作，她的内心关注的不仅仅是表面，而是与病理学有关的东西。她告诉过我，看见医院里太多的病人，那种渴望健康的企盼，她才更加珍视生活中的美好。她的心态也是如此，希望人们都是快乐。因此，她的作品也就快乐起来。此种信念，当然令人感动，她的写作完全不同于职业作家的写作，完全不是图什么惊天动地的艺术轰动，她只图一种安然。此种安然是平常之心，也是秀斗女士的与众不同之处。其精神可贵，行为可嘉。

王春波，国家一级作家，中国作家协会会员、山东省作家协会全委委员、山东省电影家协会会员、山东省美术家协会会员，现为威海市作家协会名誉主席，威海市政协委员。发表中短篇小说 400 余万字。短篇小说《神滩》获得首届山东省泰山文学奖，五部剧本五次获省级"五个一"精品工程奖。中国作家协会第七届、第八届全国代表大会代表。

王
艳
秋

○

尚留闲心看梅花

于书海中邂逅王剑冰先生的《驿路梅花》实属偶然中的必然。

偶然是前些时日恰逢当当网图书"满一百减五十"活动，搜索一些散文年选时遇上了《驿路梅花》这本书。因为书名，因为作者，心头一动就下了单。

必然是之前在河南作家孙勇先生的朋友圈里零散读过王剑冰先生的几篇大作，喜爱至极，特别是《绝版的周庄》《朝暮黄姚》《流水的深处》等等，都收藏了起来，还推荐给好友们一读。再遇见他的作品集自然是不肯放过了。

《驿路梅花》一书所收基本都是王剑冰先生的旅行文字，对于我这个旅行迷来说尤对胃口，并且它又弥散着轻松浪漫诗意，更不失人文情怀。一本书在手没几天，七十多篇短章很快就吃进去了。

哦，对了，读这样一本书的好处就是不必从头到尾挨着读，尽可以跳跃着来，天南地北，比神游来得真切！只是在这个网络至上的时代，静下心来读一本书不但需要一份决心，更需要一份闲心。

决心好表，闲心难留。两者都有了，纸墨就生香了。品到兴处，急于推荐给诸友，遂想起清代著名书画家汪士慎，他一生痴爱梅花，以画梅清绝著称。晚年时一目失明，自刻一方闲章调侃：尚留一目看梅花。故有了《尚留闲心看梅花》的题目。

读王剑冰先生的《驿路梅花》，会迅速勾起你急于前往探究的欲望。他在《阳春三月》的开篇里说：出来白云机场，直奔粤西，接的人说是去阳春。第一次知道还有这个地名。我在空白处用铅笔写下三个字回应他：我也是！还画了个笑脸表情。我从白云机场出来的时候，接的人带我直接去了顺德，那里有个"猪肉婆"，一场预约了一周的晚宴正等着我。我是个吃货，酒醉饭饱之后一个字也没留下。此时此刻我有多惭愧，几天吃吃喝喝，我几乎记不得那时那刻的天空与大地了。

又读到《初识黛眉》，黛眉是一座在新安的山，盘山公路两边黄的花、红的花、白的花开得到处都是，黄的是连翘，红的是桃花，白的是李花……读着读着，脑海里分了神，恍若我就行进在这景象中，是在云台山呢，还是黄山？记忆都重叠了，使劲地想也没想出个所以来。这是不是就像前面看过的那篇《震泽》，其中写道："江南水乡格外地相似，使得我一次次迷恋又一次次把自己弄丢。"是呀是呀，我也在江南水乡一次次把自己弄丢。历数那些我去过的地方，周庄同里西塘乌镇就不用说了，什么唐模、呈坎、甪直、惠山、锦溪、南浔等等，很多连名字都记不准了，周庄西塘乌镇每处都去过不下三次了。可是每到烟花三月，心理上总有一个愿想，下江南吧！

走进他的文字，像极了我的故地重游，只不过更深刻，更接近旅行的本质，且又勾起我再去一次的念想。此前，我的旅行也许只能称作旅游，尽管偶尔也会涂鸦几笔旅途见闻，所思所感，但是此刻看起来都是一种敷衍。每次都是行色匆匆，甚至有些盲从。我一边读他的文字一边想，下次意欲抵达某地，一定要先做足功课有所了解再前往可能更有意义。当然这种了解不能是表面上的，为了旅游而旅游，我需要更深层地解读一个地方的文化、历史、民俗、风土人情……

在陕西，我是最后一站去乾陵的，只记住了那些断头的使者石俑和那座无字碑，对于它的历史渊源知之甚少。在王剑冰先生的《又望乾陵》里，我了解到关于大唐，关于武则天，关于乾陵的许许多多。先生就像一个称职的导游一样娓娓道来，但他不像导游一样喜欢讲野史。我想，这种带着人文情怀的写作的落脚点应当是客观公正地为读者讲述还原些什么，绝不为博人眼球。

感谢文学。因为热爱得以结识全国很多文友，也得以机会参加很多次文学活动。在文学活动中又得以结识更多文朋诗友，得到学习提升。近年来参加了四次全国人文地理散文大赛，逐渐领悟到了游记的变身写法与意义，进而格外地关注一些优秀的旅游散文，一本《驿路梅花》缘分使然，又怎能放过呢！

我不曾去了解王剑冰先生的出生年月，直觉里感觉是同龄人，却又分明记得经典的文字是没有岁月痕迹的。我如获至宝地在他的集子里打量梅岭，打量阆中，打量培田，打量郁孤台，日照、青岛、洱海、三坊七巷的我已经熟知就不太挂念了。我关注到《神垕》，那是我想了解生产钧瓷的地方。我在几度去过景德镇之后写过《瓷之旅》一文，收在我的第四本散文集《草木引》里。在文末我说过要到河南禹州看看现代钧瓷的演变技术，现在在先生的文字里得到一次印证，似乎不去也了无遗憾了。

其实不单单是喜欢王剑冰先生文字带来的立体成像、触景生情，更喜欢他的侠骨柔情，说人文情怀有点空大。那种细腻温婉的诗意像三月的微雨，在脑海形成的动态影像里化作旁白。你听，《驿路梅花》最后一句——你没来，我舍不得折下一枝梅花，就邮赠这篇文字吧。《清江水上郁孤台》最后一句——江水中已经没有了什么行船，以往在江边解下缆绳、拱手相别的场面远去了。心头一颤，不禁对着书拱了拱手：幸会！幸会！

古人云：书读百遍，其义自见。对一本优秀的旅行散文来说，亲临现场而后再读，那种油然生出的同感真的是会心一笑的事情了。读罢王剑冰先生的《驿路梅花》，想敦促自己补上那些因惰性拉下的旅行记录。倘若有朝一日能与先生相遇在同一地名地域的文字里，希望我那生硬蹩脚的讲述能让先生微微皱眉寻思道，这不是我去过的某处某地么?！

作者：王剑冰

出版：河南文艺出版社

出版日期：2015 年 9 月

如此，就是对我的最高褒奖了。当然，你们也是！

王艳秋，女，曾用笔名一凡，1972 年出生，山东省荣成市人，现经商。系山东省作家协会会员、山东省散文学会第七届理事会理事、威海市诗歌协会会员、荣成市作家协会副主席，荣成市第十届政协委员。自 1989 年开始发表作品，迄今已在全国各类报刊发表诗歌、散文、小说、报告文学等一千多篇。作品多次获奖并被选入各种文集。出版有个人散文集《云深不知处》《艳阳之秋》《炊烟里的日子》《草木引》。

王
琪
○

隐喻与唤醒

——浅析《骑着蚂蚁看大海》

《骑着蚂蚁看大海》是一本有着深远象征和深度隐喻的好书，是诗人兆艮继《天上的海》之后又一部与海有关的诗集，讲述了一棵树与海不自量力的对话，处处透着讥诮和哲思。兆艮一直自以为是一棵树，不幸的是，在大海的眼里，以大海的"大"和"海"做背景，"这棵树"不过是一只耽于庸碌、深陷生活的泡沫无力自拔的蚂蚁而已。于是在这本书里，兆艮试着写出蚂蚁的微观视界与大海的宏阔无垠之间的巨大叉差与激烈碰撞，写他打了折的幸福感，信仰碎裂和灵魂的回响；写风的方向就是他的方向，风的一生就是人的一生；写在广阔的生活的大海上各自行走，靠一苇渡海和骑着摩托艇呼啸而过，手法、策略大相径庭，最终的结局就是同登彼岸，这个过程中，内心的舒展或许才是重要的。

可能在聪明人那里，这种写作是不讨巧的，既不容易切入，也不容易写好，但兆艮写好了，他不是碰巧写好了，而是基于对理想、现实、人性、生死始终如一的思考后稳稳地写好了。这些综合因素体现在《骑着蚂蚁看大海》里，就成了这本书最值得的看点：一个人的知识越渊博、才华越出众，他的眼界往往就越高，他对世界无垠、人生有限的认知越深刻，就越能认识个体的微不足道。

如果说《天上的海》是兆艮借助"外部"视角反观世间百态，那么《骑着蚂蚁看大海》就是诗人以"内省"的方式重新关照世界的开始，多层面串接中，透着人到中年退后一步的智慧。"除了现实世界/我还有一个世界/在那里，一切都默不作声/只偶尔听些人生纷繁的脚步"，这是二十多年前他写过的句子，那时的他年轻，与世界势不两立，给我的感觉，是在众目睽睽下揭示、抗争、批判、抨击，对各种社会现象做出回应，带着点文青色彩，还有点愤怒，有点理想主义。到了《骑着蚂蚁看大海》中，他已经褪去了那些一眼就能看到的棱角和锋芒，以一种更为诙谐松弛的状态观察、审视、分辨、聆听，视野越来越开阔、语言越来越具个性特征、对内在的审视角度越来越刁钻，其中透出的细致、敏锐、甘于吃瘪、适当示弱、接受失败和疼痛，同时也是诗人本身具备的"景深"，这样的景深，每个人都可以引为参照。

曾有人在谈到这部诗集时给出了如下的评价：兆艮是在"清醒状态下"写诗的"混沌人"，《骑着蚂蚁看大海》是深思熟虑后写出的主旨厚重的作品，不像某一类诗人，举着个性、探索、前卫、先锋的旗帜把文字当成千军万马，排兵布阵随性而为，终因缺少深刻而使诗歌流于浅显，让读者感觉不到阅读的欣喜与叹息。

没错，读《骑着蚂蚁看大海》，常有猛不丁被字句中发散开来的东西击中的感觉，那是诗人的触角探到人性幽微之境，对某些东西一针见血地指证，诗人通过揭示这些物欲、纠缠、错位来反观众生，这种揭示不是简单的描摹了一张表情统一的集体照，而是同样道德失衡状态下，红男绿女卡在理想和现实之间油水分离的状态："大海的门一撞就开/从任何角度任何方向/谁都可以进入/没能进入的是一滴米粒大的油/它旋转着用尽力气/还是被大海挡在了门外。"这样的表达多么精准，人和现实之间理想的状态是相互进入、相互包容，如果一个人不具备必要的处世技巧，那他终归要被某些规则拒之门外。

《骑着蚂蚁看大海》的更大优势，是诗人敏锐的观察、油腔滑调中暗藏的对人世的惺惜："只有夜晚/它通过骨骼和我的血液/宁静，清晰/不让我感到孤单/像一条流向身体深处的河流"；"看着一个个浪/看着一个接一个的浪/再生和破碎/我想这是多么可怕的事情"；"一滴海水那么小/那么小的一滴海水/不会流多么远"还有这样的思考："看着看着，我想/海滩上的沙子多么像人/多么像生活在世上的人/我就是其中的这粒或那粒/潮来潮去，大家便相互依偎和相互摩擦/越来越小或越来越细/实际上，我们就是这样在不知不觉中/消失的"，准确、精到，随心所欲、干净利落，读来令人心头一紧，又忍不住偷偷竖起大拇指。"那些惶惶而来的浪是丑陋的/它的声音必将引发一场争论/我将从梯子上走下来。甚至/把梯子搬进黑夜"；"在云彩上搭建的楼阁/被一道道金线射穿/风抬着云朵前行/从楼阁上掉下来的天书/被我双手接住"读这样的句子，时间咔咔断裂的声音在四周分外清晰。这些貌似松散的文字其实象征意味深长，尤其长诗的"开篇"部分，有圣经的意味和诺查丹玛斯预言的味道。

诗歌体现对抗，揭示存在，兆艮用"骑着蚂蚁看大海"的方式，呈现被动的旋转、爱恨、永远的错过，善艮人内在的毁灭、饥渴、灰烬和伤口，而他在集子封面折页上的简笔自画像，也从另一侧面印证了他的敢于自嘲与低姿态定位。除了这些，兆艮给人留下深刻印象的还有不动声色的冷幽默。崔卫平在谈到诗人食指的创作时曾经说过大意如下的话："一，从不敢忘怀诗歌的要求，即使生活本身是混乱的、分裂的，他也要将那些原本是刺耳的、尖锐的东西制服；二，即使生活本身是扭曲的、晦涩的，他也要提供坚固优美的秩序，使人们苦闷压抑的精神得到支撑和依托。"这话在兆艮身上也兼容。尽管与老诗人食指比起来，兆艮的资历要年轻许多。

面对生活这个广阔无垠的大海，诗歌不提供"渡海"捷径，诗歌的冠冕是有机玻璃制成的，含金量低，也不具收藏潜力和兑现价值，再进一步讲，诗歌不过就是一个"愉快而赔本的买卖，被聪明人和傻子从各自的角度针砭和褒扬"。但是《骑着蚂蚁看大海》帮助蝼蚁般的我们建立了一个对社会、对生活、对现实、对人性的观察点，二十岁的读者从中看到的可能是有趣好玩，三十岁的读者从中看到的可能是机智机敏，年纪稍长的读者则可能

作者：兆艮
出版：大众文艺出版社
出版日期：2008 年 12 月

看出省察与警惕。因此，骑着蚂蚁看大海的兆艮又何尝不是人群中沉默的你和我？他对生活这个"大海"的深情守望、始终不渝，那些来自他内心对自我的认知和对人生自省的句子，又何尝不是我们一直坚持的价值和意义？从这个层面讲，《骑着蚂蚁看大海》是一种唤醒，让我们时刻保持敏感，学会与生活共处。

王琪，女，中国作家协会会员，威海市诗歌协会副主席，威海市临港区作协副主席，黄河口驻地诗人。著有诗集《一寸欢喜》。

卞
传
忠

○

一曲大爱真情的绝唱

——读任道金长篇小说《桃花魂》

不知夜深几许，我读完了《桃花魂》。掩卷长叹，心中升起一种沉甸甸的感觉：结局好像不该如此而又不得不如此，故事像似没完而故事本来就没完！这是作者所希望的吗？我在寻思……

说实话，这些年来我零星地读过一些小说，而真正进入视野成为视线注意目标的却寥寥无几。基本上是读读停停，即使读完了，也没有惹起寻思的神经，大都是没有感觉，没有心动，更谈不上评说的兴趣。这部《桃花魂》则不同了，上手便放下不得，一根大爱真情的爱情主线牵着我静静地读完了，不仅有了感觉和心动，而且使我这个小说的门外汉产生了不得不说说的兴趣。

2010 年二三月间，我与作者相聚几次，他每次都说要写部长篇，因为有话要说而且这些话不得不说。同年四月初，他宣布进入创作。我和我的文友们预言：他的这部长篇最快也要一年，也就是到 2011 年的春节前后方能竣稿。然而，有谁曾料想，刚刚过去八九个月的时间，一部 23 万字的长篇小说《桃花魂》便摆在了大家的面前。见到这部大书的我，真是感佩不已。是啊！这就是那个具有文学天赋、敢想敢干的任道金，这就是那个芒刺入背不拔不行、骨鲠在喉不吐不快性格的任道金。好啊！这个提前而至的惊喜，正应了我阅读和探究的渴望。

《桃花魂》讲述的是：某大学中文系美女学生玉琪与校友美术系高材生力华

相识、相爱的故事。正当他们如胶似漆地深恋、携手走向毕业、走向婚姻殿堂之时，玉琪的教授系主任孟金山垂涎其美貌，设计陷害了力华，又设计强奸了玉琪，玉琪以死抗争未成。孟金山以流氓无赖的手段，以送力华进监狱要挟，以自己受处分、辞职都是为爱她为由，百般缠赖、长跪求婚。玉琪在力华误会说出了绝情话的情况下，为保护力华免遭牢狱之灾而应婚，毕业后同孟金山一同谋职于梦海市。玉琪做了小学语文教师，孟金山靠当副市长的亲戚徐世安，坐上了国企房地产开发公司总经理的位子。但他兽性不改、好事不做。八年后玉琪与之离婚，同女儿萌萌过上了还算平静的日子。一个偶然的机会，玉琪发现了回乡隐居于桃花谷，以务农和画画为生的力华，两人旧好重续，正准备结婚的时候，被孟金山知晓，于是开始了新的摧残祸害。孟金山通过不正当手段取得了桃花谷的开发权，在孟金山的授意下，推土机强行铲除"桃源居"，玉琪在"声嘶力竭"的护院壮行中被活活砸死。桃花谷被恶性开发，生态被残酷破坏，昔日漫山遍野的桃花红海，变成了一个尘土飞天、机械轰鸣的迷茫深谷，桃花谷的农人们怨声载道：有情人未成眷属；好心人相助无奈；混蛋恶人逍遥法外；生态自然美景被野蛮开发。故事在凄凉暗淡中打住，出现了旷阔的意象空间，给世人留下了无限的猜想和回味。

《桃花魂》打动我的主要有四个方面：

第一，大爱真情纯朴高尚的思想主旨令人向往。当今，在古典爱情谢幕已久，现代爱情愈演愈烈的趋势下，我们还能有什么样的爱情想象呢?！爱情之于人生，之于社会，之于社会公德，到底有什么样的思想旨向，才算可圈可点、可歌可泣的呢？作者勾勒描画了玉琪与力华这条曲折绵长的爱情主线和随着此主线而发生发展消失的故事。通过故事的演绎，凸显社会百态，揭示与表现一种大爱真情、纯朴高尚的道理，间接地肯定这个道理是人心所向，是应持的生活态度、人文主张和思想主导。作家范小青指出："当文学回归到本质与应有的位置，召唤我们内心的声音就不再是物欲和功利，它渐渐地沉到了人们的心底深处，又时时激起理想的浪花。在这样的时代，我们所希望的文学作品，需要具有对时代广阔的透视和塑造人物的细腻技巧，需要从自己的心灵出发去展望世界，为全人类的和解作出高尚的人文主义贡献。"（见《文艺报》2010 年 11 月 29 日文章《时代的理想、文学的力量》）实践告诉人们，不管社会如何变化，人们对文学依然充满理想主义情怀，文学与人类的理想息息相关，文学根植于理想和希望，即使有天灾人祸降临，理想和希望的光焰也会闪烁，这抑或是文学的力量。《桃花魂》也秉承了这种文学创作的传统，作者站在独立的立场关注当下社会，把要说的话通过故事来祖现，彰显了独特的思想品质和严肃的精神价值，带给世人绵长的思考和真切的向往。

第二，至死不渝的理想追求可歌可泣。《桃花魂》中的主人公玉琪，纯朴善良、敢爱敢恨，对理想的追求，尤其是对大爱真情的辛劳和不惜以生命来捍卫的义举，令人震惊和感叹！谁曾料"问世间情为何物？直教人生死相许"（元好问《雁丘辞》）的千古老词，在当下社会也能爆发出例证式的绝唱。这个故事感天地泣鬼神，故事铸造的精神是崇高的、不朽的。作者的笔墨为其挥洒，男主人公力华耗尽一生心血绘就的国画《桃花魂》为其而作。我也随着故事的发展，在深切体恤女性的艰难之中，在见识了女主人公玉琪为爱情毅然献出性命之时，心中随即产生了强烈的悲剧感和崇尚感，脑海里瞬间幻化出一座要尽情讴歌的丰碑。我，被打动了。

第三，映照生活现实、揭示社会问题较为深刻。长篇小说《桃花魂》无疑是一部现实题材的作品。故事的本身无疑映照着现实的生活。它所描述的社会生活动态和社会问题，就是那几年金融危机大环境的波及和影响。这是作者对故事前提、环境、气候氛围的示显与交代。开篇第一句话便是"2007年的春天格外寒冷。"接下来也是对这个隐喻话吾的伸延，"已是三月下旬，梦海市气温还这么低，瑟瑟的寒风似乎告诉人们，春天的脚步虽然早就踏响了这片土地，可天气不会立即温暖起来。春天也像小孩子，说笑就笑，说哭就哭，一会儿热，一会儿冷。昨天还是艳阳高照，今天就冷风嗖嗖，细雨霏霏，让人猝不及防。人们刚刚摆脱严寒的煎熬，阳光稍微温暖了点，灿烂了点，当你迫不及待脱下厚厚的冬装时，又冷不丁碰上个'倒春寒'。凛冽的寒风吹得你无处躲藏，让你对刚刚过去的冬天充满敬畏，也对这今年的春天感到了一丝失望。"金融危机这种寒冷的社会大气候，催生造就了商品经济向商品社会的演变，从而卵生出许许多多的经济怪物、经济狂人、经济流氓，这难道不是问题的问题么？这样说，不管是不是作者的意蕴所在，但能使读者感悟到社会问题的揭示，无论怎样都应视为是有益的。

　　第四，故事、情节、思想、语言、情感的综合体现比较到位，人物形象塑造栩栩如生。小说《桃花魂》用一条强劲的爱情主线贯穿于故事的始终。玉琪与力华的爱情由产生发展受挫到坚韧地捍卫，矛盾刻画得层出不穷，跌宕起伏而又惊心动魄。从学校到社会，一方是崇高圣洁的大爱真情；一方是卑鄙肮脏的私欲膨胀，双方的拼搏是曲折的、长期的、惨烈的。作者融故事、情节、思想、情感、语言为一体，叙事和描写功力扎实，构思精巧，结构紧密，人物塑造得丰满可信、栩栩如生。比如，大爱真情、懿德茂行、为心上人殚精竭虑、甘愿忍辱受苦，甚至为保卫心上人心灵栖地而不惜搭上自己性命的女教师玉琪；质朴憨厚带有小农印痕，既有古典情怀又酷爱绘画艺术，恬淡归隐且视画室"桃源居"为生命，使人又爱又恨的画家力华；卑鄙无耻、流氓无赖、心狠手辣而又道貌岸然的教授孟金山；力所不及又不遗余力为民请命、为民辛苦焦忧的镇长江河；慧眼识才的画院院长谷长海；尽心尽责、本分老实的支书姜传贵和大慈大悲、菩萨心肠的丛大妈等等，都是呼之欲出的人物形象，叫人过目难忘。

　　这部小说的语言锤炼也令人可喜。没有描写谈不上文学，没有叙述就谈不上故事。《桃花魂》描写性语言和叙述性语言，抒情的叙事与叙事的抒情结合相融，自然而流畅，充分显示了作者的生活积累和文笔功力。

　　这部小说的细节和细微之处的处理也颇具匠心。连人物的名字似乎也有所寄寓：女主人公教师玉琪，以字面而解，通体透射着美好、宝贵、珍奇，崇尚之意不言而喻；男主人公画家力华，字面可品解为力挺中华、力卫中华、力兴中华，先竭力而为，后迸射光华，也无不可；用"江河"二字冠名于一个忠于百姓的镇长，也颇有意味。江河者，处低势而汇清流，泽大地而惠万民。它是常势的、大众的，而不是另类的、奇崛的，另类的能上蹿下跳，而江河不能上蹿，只能下跳。这与本分的基层干部相关联，可谓用心良苦；极善钻营、横行一时的教授孟金山，即使"金山"光芒万丈，那也是梦（孟），其隐喻显而易见；还有老实巴交的村支书姜传贵，也觉得亲近而恰切。这是作者创作中的深情处理。我喜欢这样精细地打磨，也喜欢这种细微处闪烁的熠熠光亮。

《桃花魂》这个将爱情演绎到极致的故事，把一种思想的高度、精神的向度和心灵的向往，概括、提炼、寄寓在一个"魂"字上，既明了又别致。

《桃花魂》是桃花的"魂"，是爱情的"魂"，是中国传统文化、传统美德、传统道德的"魂"，是自然生存自然保护的"魂"，也是圣洁美好的"魂"。为"魂"而苦、而乐、而拼、而战、而死，是对品格、道德、骨气、毅力、道义的捍卫，是人生所必须进行的，社会中不得不进行的守卫战。故而，是正义之战，是可圈可点、可歌可泣的奋战。作为社会现实，如果这场"奋战"大获全胜，是众望所归、人心所向，是人间正道的必然；作为叙述故事的小说，如果"奋战"受挫，种种险情恶情纷纷而至，乌云压城、块垒填胸、在惨败或以死抗争时戛然而止，留给人们的是慨叹，是警示，是呐喊，是悲壮，是冥冥之中的"清醒剂"，能引导读者自觉地对悲剧的成因进行深层次的思考与追问，去愤怒地寻找悲剧的根源，这则是作品力量的体现，是不落俗套的创作，也是作家责任的担当。《桃花魂》做到了这一点，这是不俗的，也是不凡的。

作者以自己熟悉的，从戎时长期生活战斗过的市郊某一山区为原型，述说故事。他是有生活的，是讲故事而不是编故事。他以《桃花魂》命题，是有物可移，有情可托，移物托情，自然妥帖。再加上多种文学手法的娴熟运用，使得《桃花魂》极具象征性和寓意性：谁不向往如桃花般火红的生活？谁不陶醉如桃花般洁白与火红相揉的爱情？显而易见，这部长篇小说以"桃花"自命，以"魂"点睛，自有深意在焉！

作家任道金先生，以诗笔写小说，将23万字的长篇小说写成了充满诗意的小说，尤其是许多语句是双关的、隐喻的、含蓄的、鲜活的、跳跃的，像"春天的脚步踏响了这片土地""她的心里怅怅地疼""伤害源自他的爱""将一份心情放飞""桃花年年开，伴我入梦来"等等，这分明就是诗的语言。由于诗的元素、诗的语言的羼入，自然地调整了阅读小说的惯势，增加了阅读的愉悦性，使人在融入故事情节的同时，增添了一种诗的特殊体味，这一点也是可称道之处。

作者是位诗人，而且是位高产高质的古典情怀与现代意识兼备糅合的诗人。在文学尤其是诗歌创作方面，作者并不是一个新兵，而是一位写作的老手。他应征入伍于1982年，踏进部队的门槛就被遴选为宣传报道的骨干和政治理论学习的尖子，参加各种进修、集训、采访，受到了部队许多老作家、艺术家和宣传干部的传、帮、带，曾在济南军区《前卫报》工作，参加了《山东国防报》的创建，曾任报道员、新闻干事、报社编辑记者、宣传股长等职。1983年开始文学创作，先后发表小说、散文、诗歌、报道文学等100多万字，诗歌散见于《星星》《绿风》《诗选刊》《中国文学》《山东文学》《青年文摘》《汉诗评论》等数十种诗歌刊物，并入选《中国当代诗人精选典藏》《中国网络现代诗歌精选》等多部诗歌选本。1999年自部队转业地方工作后，发起成立了威海市诗歌协会并被推选为主席，继而又任环翠区文联书记、区作家协会主席，随即创办了《威海卫》（文学季刊）、《环翠文联》报等，出版了个人诗歌集《远方的湖水》。他的创作已进入了鼎盛时期，声名鹊起、好评如潮，社会反响颇佳。作者任道金如同一头壮牛，在文学的原野上拼命地埋头拉犁，耕出了一片充满期待的土地。俗语讲，人有两怕：女怕嫁错郎，男怕干错行。任道金既嫁对了郎又干对了行，这是天意天赐。天道酬勤也酬诚，任道金是兴趣与职业结合的幸运者，又是把职业当事业追求的跋涉者和勤奋人，他的文学作品自有他的重量。

读过《桃花魂》，在感佩惊喜之外，也有另一种期盼：如果这部长篇小说在人物的个性语言、人物的复杂内心、不同人物的性格逻辑和生存智慧上再加强丰富一点，将会更加耐读。

作者：任道金
出版：中国文联出版社
出版日期：2010年12月

卞传忠，1953年生于山东省东平县，现居威海。中国作家协会会员、中国硬笔书协会员，威海市甲骨文学会会长，环翠区作协名誉主席。著有诗集《瓣瓣心香》、散文集《帘外柳韵》、书法集《卞传忠书法艺术》。主编《甲骨文书法艺术》《大美中国古文字书法展作品集》等。
作品及评介刊载于《解放军画报》《新闻与成才》《山东文学》《四川文学》等报刊。1996 年
被评为威海市首届十大藏书家。其传略裁《中国作家协会会员辞典》《中华人物辞海》《中国
当代艺术界名人录》等 50 多部典籍辑入。中央电视台书画频道和省、市电视台曾作报道。

兰
鹏
燕

○

行走在唐诗的大美天域

——写在邵春旭诗集付梓前

一

春旭来到这个世界上的使命，是要澎湃一下唐诗。

我国古老的文化现象，似乎只有唐诗还惯常性地生活在人们的口中、心中，成了比较普遍的常态存在，在小学生口中就会经常听到什么"月落乌啼""日照香炉"的。但是要真懂格律，能够进入到唐诗天籁的人却是凤毛麟角。读了乡友邵春旭的诗，真的觉得像极了唐诗，因为读他的诗会有玉杵叩扉的感觉，旋即就会打开心扉，使你身处唐诗的大美天域。读他的诗再读"云笺天上待诗篇"的郭老沫若的诗也会觉得有些寡淡了。所以，春旭的诗在现代中国诗坛上应该有位置。这话在我说完后可能就完了，至少他在现时的诗坛上还是默默无闻。这也难怪，因为他的诗只藏在袖囊之中，从不肯让它见诸报端诗刊。如果他变了呢，想必中国的诗歌界会留一块地方让他紫起来。

二

春旭注定是个诗人。

他的父亲是人民公社时农对说书编戏的人，说书的程度到了可以不用干活而挣工分养家。孩童时他常偎在父亲胸前听书到子夜，间或也听一些诗呀词呀的东西。由此，他心中诗的意象自小就建立并潜藏下来了。等到他成了学生，因其敏悟诗文，又遇到伯乐宫姓老师之潜心教习，至中学时代，春旭便能写出一些有模有样的古风、五律诗来。对诗人而言，前辈的教言是极其美丽的，或是父母的吟诵，或是老师的领读，以诗相授，就会使诗童走进梦幻般的诗境。

春旭踏上社会后的生存依靠在商道。他的求生履痕，自开挖乡间养鱼塘的第一锹，到后来翩然自鲁而湘而沂而川，足迹遍及东南、西南数省，他以其精明于世，先后担任雅戈尔总裁秘书、杉杉市场总监，在当时商海风云人物之间行走。更令人称奇的是他竟然荣任过军工手枪厂的厂长。新世纪前夜入川做健身事业。

我无须查考他的商海起伏，也会断言他会"不合时宜"。道理很简单：很难想象诗人与商人如何合璧。尽管他有许多才干、许多机遇，已经跻身到商海白领，甚至可以踩着巨人的肩膀扶摇直上云霄，但他却终究衣襟而不是衣锦还乡。何也？——心不在商而在诗。乜正是因为他的"不合时宜"，才为远高于商海的诗海间留下了超越"时宜"的一缕诗魂，而使他能在弘一大师所说的人生第三层殿堂中享坐。

春旭的眼不像诗人的眼，他的目光漫漶于世，似乎什么都不关注，什么都提不起精神，这真是像一首禅诗所说"乾坤许大一身闲……懒将双眼看人间"。他似乎从不蓄发，只留发茬。衣着还算入流，不算邋遢。他的素常外观与其蓬勃健硕的诗情是何等矛盾。但是，生活中还就有这样的人。只有读了他的诗，才可体会出他朴拙外表掩映下的清亮而激越的生命泉源，才可揣摩出别人无法与之比肩的轻松和洒脱。

这些内在的东西，注定是要反映在他的诗的优雅节奏中、铿锵音韵中和优美而耐人咀嚼的文辞中。

三

春旭的诗，披着唐人的盛装，透着唐人的诗心。

　　晋字、唐诗、宋词，都是定格了的艺术，是登峰造极的成就，对后人而言，只能遵循不可创制；只可仰观，不可登顶。而后人之于书法、律诗，如果全然失去晋书唐诗的韵致、精脉，也就与这些国粹艺术失之交臂了。现代有些人也写所谓的律诗，不过是些五言、七言整齐句罢了，非但没有唐诗的韵致，连古相也没有，而春旭的诗满蓄着浓厚的唐风。他似乎屏蔽了宋元明清和民国的千年时光，直接从唐代飞跃而来，海市蜃楼般地映出了大唐的时空诗境，潇潇洒洒地站立在二十一世纪的时光中。

　　这个二十一世纪，对华夏民族而言，实在是民族复兴的第一个高峰。如果说唐代是一个雄强壮阔的时代，在这个时代里充满了豪情万丈的大丈夫诗风，而二十一世纪的中国冲破万难地进入到伟大复兴，且在瞬间发生巨大的嬗变。这个时代是比唐代更奇崛、更高伟的时代。就在这个时代里，春旭淡漠了商道而进入诗界。他伴着时代的超强音，与山河共舞，拱手捧出他的诗作而成为奔腾前进洪流中一朵璀璨的诗花。商也好，诗也好，有人能追赶着潮流，有人被大海淹没，春旭不负时代，他以其清纯而昂扬的诗来酬谢并记载他身处的这个伟大时代。他知道月亮本身没有光亮，而是太阳映亮了月亮，从而照亮了夜空，什么时候都不能疏忽了太阳时空的造就。没有时势，就没有英雄，就没有大诗人。

　　在这个时代里，定然少不了诗人，且写律诗的人日渐增多。春旭的长处在于，他看似散淡的眼睛连接了唐代、今日，他接纳了唐诗的魂灵，紧紧地依偎在唐诗散发出的源源不绝的温暖中。

　　好，还是让我们通过他的诗片段，看看他依托于唐诗"以旧作旧"大发新意的面貌吧。

　　他在写自己平生如飘蓬的身世时说："生身在海右，旅翼憩三江。海右灵星只，三江梦影双。"这不管是行踪还是神气，都有点像是李太白了，他的眼中心中景大物大追求大。时隔一千二百多年的两个旅者都拥有着永远不可羁留的江海心怀。

　　优秀的诗人必然与社会的哀乐兴奋共振心曲。春旭亲身经历了 2008 年汶川大地震，他的基业粉碎在一片瓦砾中。震后第二年他写下了《北山老城震区观后》组诗，读后使人深感类同于杜甫在"安史之乱"中所写的民难诗，让人在深陷死寂中凄惶哀绝。如之二"绝无鸡犬声，偶有一蝉鸣，恋恋痴情草，尤生红与青。"此处写静中之哀痛，而杜诗则写了战乱中之辚辚兵车和老媪哭儿等冷彻心扉的场面。春旭的诗没有杜诗那么直接，毕竟不是灾难发生时，而是灾后定格了的影像，但读他们这类诗的感触共鸣是一致的。

像其题画诗"铁戟光寒葱岭雪，青骢色暗玉门霜""鞍上征尘霜冻白，唇边枯草雪洇红"等句，如同是与岑参、王昌龄等边塞诗人在对句。因为诗中的环境、物象，似只有边将士卒才能亲眼看到亲身体会到，而我们的邵诗人是如何俯身到那朔方大漠的古战场上去了呢？

像"五更梦接三更做，梦里怜听放棹歌"句中用了"棹"字，"棹"乃古人说的"橹"，如果是"放棹"则是攻船。现代人早就不用了也不说了。但是如同书法中仍大多写的繁体字，甚或异体字，在古老的艺术形式中还时常闪现一些古词语的身影，反倒使人觉得古意的浓厚与亲切。那么就这句诗来说，如若不用"棹"，新诗少古意。古人之衣冠用现代服装是怎么也代替不了的。所以，春旭诗作的衣柜中，还时常保存着几袭束腰的衣衫和几块束发的头巾。

更有甚者，是春旭有的联句竟至与唐诗几近意同、句同、字同。如诗"有水皆留月，无山不恋云"，而唐诗"有水皆含月，无山不带云"，当作者发现这联唐诗后，自己也竟惊得两眼发蒙。所以说春旭与唐诗是心灵的交汇，唐诗成为一种常态存留在他的心中。当然我在这里说的唐诗，也未必是指纯粹唐代人写的诗，它应该还包括自唐以降以唐朝风格创作的诗。

四

春旭的诗中，最能感动人的是对朋友的真挚和痴痴的乡恋，这便是友情和乡情，而串联这两情的是何物？酒。酒这物真怪，他愿意与诗结伴。李白是诗仙也是酒仙。酒与诗的概念是李白建立起来的。诗是精神界的东西，帮助李白转化和提升精神的肯定是"酒"。"人分千里外，兴在一杯中"，李白没有酒也就没有"白发三千丈"，没有"对影成三人"。邵春旭是李白千年的诗孙，他也一样"兼旬醺醺"，"醉罢诗肠醉酒肠"。

他的《自嘲》诗云："春风昨夜走天涯，发尽汀洲旧草芽。一粒闲田懒种子，不浇浊酒不开花。"这就再清楚不过了，青草复苏发芽靠东风，而催开诗花的一定是坛酒村醪。诗是高境界的东西，酒似乎是开启高境界之门的钥匙。

春旭对友情的珍视，我是在2013年抗震五周年绵阳、威海书法交流展中得见的，那时他在绵阳接待我们。其时他好像不知自己是接待方，还是被接待方？我们是客人还是家人？他一看到家乡人就蒙了，心内身外全是情了。他不是绵阳书协的人，只是作为绵阳的文化人，死打硬靠地充当接待义工。这些年来我总觉得他是那种无须踏进友谊门槛便让你亲密得天荒地老的人。这当然是与诗酒链索式的催化有关系。他说"美酒在前，嘉友在旁。盛陈会宴，亦复离觞"。他陪朋友离川赴鲁，自以为带足了旅途的酒，谁知"归于路上三千里，遥醉中秋月一庭"。所携之酒在路途未半的时候，就酒干实在无了。这样说来，恐其有酒徒之嫌，非也。他把中秋的感怀，化作"今夜腾身欲上月，随光流转照君家"，让如水月华照在每个朋友的心身之上。

他的乡愁充斥诗章。"合眼依稀乡国菊，朝南为我发新枝"，请君知晓，这是他在病中的诗，可见他对家乡是何等的依恋、依赖，以至把病中的希望都寄托在桑梓之间。"二老窗前花好否，东风多向故园吹"，这是他在除夕之夜对双尊的问候。什么是好诗？这便是好诗，对亲人纯情而直白。多向故园吹来的春风，何止是对父母的孝敬，更是对故土的馈赠，他的恋母情怀，总是比别人大出了那么一点点。

春旭的诗很实际，他用笔记录着眼前的生活，描绘着自身的方位和形态。这些诗作显现的是质朴和平和。春旭观察生活很细，特别是对花草鸟虫的描摹，令人折服。像"冻鹊争调羽，明霞欲接山""藤结罗天网，花开紫雪香。清风不识字，乱写满庭芳。"

作者：邵春旭

写作时间：2013 年 6 月

还有少量的诗，用极其简古的笔墨开掘出一件事物的蕴涵，倾吐出一种人生追求，这类诗像是晚唐诗人李商隐在静悄悄地观赏自己的内心。如"黄花不与人争瘦，白露堪同骨比清"，还有他的白菜诗中"清真原自出凡根"。这样的诗自然是难能可贵的。因为他不只是在为诗为艺，更是同步淬砺出自己的思想光泽。

五

春旭要出诗集了，我自是欢喜得不得了。诗家乾初先生为诗集写了序。春旭又让我写几句，不想一写就多了。我把这篇东西起名曰"行走在唐诗的大美天域"，是觉得春旭的诗怎么看飞像唐代的人味、诗味，且味道悠远，是完全可以传它个几百年的。对他而言，因创作而生活在唐诗的大美天域，而对读者来说通过吟诵他的诗，不是也可以徜徉在唐诗的大美天域之中吗？

春旭在社会经济生活中北打南拼大半辈子，不自觉但也是必然地走向了诗歌的道路。自此他的信念再也没有彷徨，他的脚步再也没有停下，一路繁花，一路云霓地把唐诗大美天域的瑰丽风光播洒在千年后的神州大地上。

兰鹏燕，1952 年生于乳山市乳山口镇安家村。山东省作家协会会员，威海市作家协会顾问；中国书法家协会会员。出版散文集《烛光灯影》《陈迹遗影》《秋声鸿影》等。

乔洪明

○

读张炜作品之所思

有的书是用手读的，有的书是用心读的。用手读的书，手是主角，心是混子；而用心读的书手则被忽略了，忘记了是如何翻过了书页。张炜的作品即为后者。

读张炜的作品是要有所准备的，最好是能寻个妻和蟋蟀都睡了的静夜，灯光调得淡些，半倚的姿势最好——这样有助于身体支撑头脑做长久的思索。倘是白日阅读则要关了电话，并要叮嘱妻儿切莫唐突惊吓了自己；纸团塞耳也颇必要，眼眶浅的还要略备拭泪的纸巾……这绝非虚张声势，因为我确保有人这样做过。除此之外，还要涮净了头脑，给思绪留下足够的空间，磨利了牙齿，那字字句句须细细品嚼。

必须用心去读张炜的作品，是用心。因为他的作品同样是用心写就的，你不用心去读，岂能读透读懂？只有用心去读用心写成的作品，方有可能达到心与心的交通，意与意的共鸣。如果读不到灵魂出窍之境，就枉看了张炜的作品。

近日再读张炜作品，选择了他的文集《远方之嘱》，读起来便是如此的感觉。书中《冬景》《玉米》《烟叶》《烟斗》《晚霞中的散步》等篇章，有着极其鲜明的个性和迥异的特色。语言质朴、凝练、重抒情，结构呈现出散文化特征，拓展了小说的诗意空间。他的小说既洋溢着浓厚的传统文化意蕴，又不乏现代的个性化手法。就本书而言，即为传统的意——传统文化，与现代的表——诗化小说完美结合的佳作。诗化小说是追求诗意美的小说写作手法，写作者的情感可以在小说的叙事中获得诗性的张力，以表达情绪为主的叙事，可带来行文的节奏感与音乐性，给读者心灵以更强烈的敲击与震撼。尤为要者，作品思想丰富而深邃，以火炼字、以刀琢句，字字句句承载起沉甸甸的社会和人生。作品构思扑朔而迷离，让你预想不到而又心驰神往；手法大俗又大雅，俗得生动雅得高傲，使你读之痴醉其中，欲罢不能；用词精准而奇妙，就像高明的屠宰匠用锋利的剔骨刀旋剜骨节缝、剔削肋巴条一般，让人看着痛快淋漓又惊叹不已；每一句话又似文火慢炖出的香喷喷的酱骨，不光骨肉必须要啃得精光，那骨端也要嚼碎了吞下，骨汁还要吮了再吮，啃嚼过了要放下时还会恋恋不舍地瞥上一眼……

　　总之，诗性的语言、哲人的思维、倾诉型文体、深邃的主题，精炼、屋利、厚重、奇妙——乃至诡异，盖为《远行之嘱》以及张炜其他作品之要点。创作上的丰富多样性不仅表现在作品的内容方面，更表现在作品的语言方面，丰富的内容正是通过灵动多变的语言来表达的。从《远行之嘱》等张炜作品中既可欣赏到自然主义的纯美，又可感受到理想主义的抵抗，这种抵抗其实还是对纯美的追求——批判现代都市文明和现代化的种种弊病以及人性的堕落，追寻心目中那片理想的纯净空间，在道德的自我完善中守护理想的精神家园。

作者：张炜

出版：长江文艺出版社

出版日期：1996 年

乔洪明，生于 1964 年，中国作家协会会员，山东省电影家协会会员，威海市作协副主席，经区作协主席。创作出版《英雄邓世昌》《退伍军人》《海疆英雄传》《漂泊刘公岛》等长篇小说及其他作品

10 余部 400 多万字，新创作 40 万字长篇小说《林海雪原前传》入选山东省建党 100 周年重点选题。创作影视剧本拍摄 3 部，电影《甲午海魂》由八一电影制片厂拍摄，26 集三维动漫剧《繁星点点》在央视播出，院线电影《青春不留白》在全国上映。荣获"齐鲁文化之星""威海市文化名家"及"全国书香之家"等荣誉称号。

兆
艮
○

回到感觉中

——读《在路上》

诗歌写了多年，也读了不少，对诗歌的认识不是越来越清晰，相反，对诗歌却倍感陌生起来。

一来，诗的概念不好定，诗也不好写，写好自然不是常人凡事；二来，加上当今诗潮风起云涌，泥沙俱下，各路神仙神通广大，遍地江湖指点江山，诗歌成了一些文人的风火轮、冲锋枪，也成了个别编辑大师的黄金魔杖。一切皆为钱动，一切皆为利往，早已见怪不怪了。

读了好友肖遥的这本诗集，让我重新想到了写作的本真：回到生活中，回到感觉中。

时下那些千篇一律的概念化诗歌，为什么大量出现，而鲜活有个性的诗歌却少之又少。究其原因，不就是缺乏生活的历练和独特的感受吗？

而肖遥的诗，都是他生活的真实积累，是伴随他十几年创业生涯的精神见证。所以读来真切、生动，自然没有虚假之势、阿媚之声，是实打实的表达，是真真切切的吟诵。

与肖遥相识相知多年，肖遥是位非常讲义气的兄弟，做的也是很正义很善行的事业。他带一帮年轻人在路上打拼，领一群有理想的兄弟在路上歌唱。事业红火，人也精神抖擞，每次相见都有一种蓬勃向上的朝气在鼓动着我，这正是诗人所具备的天质。这让肖遥也与大多数商人有了截然不同之处。而且，肖遥见人睹物都能激情勃发，写出快人快语般的佳句。逢出差，在路途，也能随感随想，比如《冬日里的旅行》中写道：习惯了这样的生活（列车于晚上 8：50 从威海出发）/听着喜欢的音乐/欣赏着时刻都不一样的美景/在路上的人永远都有一颗不安分的心/披星戴月不辞辛劳/把岁月刻在心底/把奋斗的历程化作一杯美酒/小憩时呷上一口令人回味//看车窗外风雪肆意或是艳阳高照（我们的祖国太大了，列车跑了一个晚上还没有跑出山东省，现在是早上 7：30 列车行至扒鸡之乡德州）/家乡不再是一个词语/提到家乡或故乡/让在外漂泊的游子增添一份情感/一份激情在胸中升腾/儿时的美好和现实的苍白/化作无尽的思念随着车轮的前进/奔向下一个车站//一切众生来去无声/化作一抔泥土滋润冬日的麦田/黄土地上泛白了昨夜的霜/小鸟在无叶的树林嬉戏飞翔/偶尔有结冰的小溪/冰面上有儿童玩耍的身影/这是北方的早晨/一个没到过北方的南方人看不到的美景（此时此刻上午 9：30 列车行至杂技之乡河北沧州）//再往北行祖国的心脏周围雾霾重重（此时此刻中午 11：10 列车行至曲艺之乡天津市）/我们正在遭受呼吸之痛/防霾口罩你戴了吗/这是南方人不用遭受的酷刑/身为北方人的我此刻倍感心情沉重//2014 年 1 月 7 日稿于威海至北京的火车上。

再如《秋归故里》：身在故乡心在威/金秋携同妻女回/千里难消事业事/功成之日愿身退/年少离别常落泪/风雨人生如梦归/春花秋水皆无奈/一江两眼盼春雷//2014 年 8 月 29 日稿于牡丹之乡。

诗人对亲情的思念和觉醒，流露出诗人纯真善良的情怀，读来感人肺腑。

一路创业，一路歌声。摆在肖遥面前的是诗意的、快乐的奋斗人生。

肖遥还是大型诗歌民刊《我们》的出资方和创办人，这份面向全国诗人的刊物，以开放式选稿编稿，以质取材，得到众多诗人的称道，无疑会给诗坛留下不小的一笔。这第一功应给肖遥，因为成就这一义举，没有金钱再大的热情也无法成行。肖遥很欣慰地操办此事，也算是来自他对诗歌的衷情，对诗歌的那份感觉。

回到感觉中，绝非易事，涉世太浅不行，活得不透彻也难。回到感觉中找到感觉，享乐感觉也算是一个人的悟性。

肖遥有诗作证，有行动有声音，拼挣在商海，又没有丢掉那份诗意的哥们，是令人敬重的。

没有感觉的诗是晦暗的、苍白的、短命的，当然就是平庸的。人的一生，就是在路上不断感觉的一生，不逍遥不自在，诗贵在于此。

写诗也要跟着感觉走，跟着感觉走，就要找到感觉，要找到感觉，就必须回到感觉中！

每个人对生活的感觉都有不同的反应，那你就顺从自己的感觉，这才是你的本真。

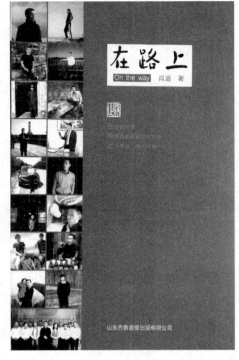

兆民，原名张安俭，山东青州人。著名诗人，威海市诗歌协会顾问，中国作家协会会员。著有诗集《红珊瑚》《发现》《天上的海》《骑着蚂蚁看大海》等。获山东省精品工程奖等多项奖励。作品入选多种选本，并在国外有大量诗作发表。

作者：肖遥
出版：山东齐鲁音像出版有限公司
出版日期：2019 年 5 月

刘爱玲 ○

上校与马尔克斯

—— 读《没有人给他写信的上校》

我充满了疑问：为什么没有一个人给上校写上一封信，或者偷偷给他的空咖啡罐里添满咖啡，他已经等待了五十六个年头了，而且他的儿子已经死了，为什么小镇码头的邮船没有及时送来一封带着结果的信件，搞得上校在一次又一次盯着邮电局长分发信件时丢尽了面子，还需要天真无邪地努力撒谎："我没在等什么，没人给我写信。"

我知道一个小说家不会给出任何结果，他有能力让他的角色隐秘地进入你的生活，而你却不一定察觉到。后来，我一边生活一边仔细地想过，这就是人生，在"为什么"与"结果"之间发生着万千的故事。上校的经历早已和我的经历混在了一起，我也为弹尽粮绝绝望过，也为并不公平的事情坚持自我，还像上校一样总是装着点希望。所以，我常觉得这也正是我们时代的症候，我们总想立刻看到事情的结果，过程可以忽略不计，我们没有耐心等待分毫，所以，我们永远不懂得问个"为什么"，也就不懂得痛苦过程的复杂意义。

我也记不清阅读这本书有多少遍了，从书名《没有人给他写信的上校》开始，忧伤、无奈与孤独四处弥散，与之同时存在并纠缠的是坚韧、乐观与重获理解事物的能力，好像西西弗斯又附在了上校的身上。在每次阅读距离下一次重读的间隙里，我实在无法逃脱一些细节，我已经背诵在心里了，有时候它们和当下的生活根本不分彼此。

"鸡身上的热气和强烈的搏动使上校颤抖起来。他觉得此生从未抱过这么活蹦乱跳的东西。"当我们像一台机器一样运行在现实里，我们是否也曾偶然间面对鲜活的生命怦然心动，比如一只在沙发上睡觉的狗不停地鼓动肚子，它比失眠的你还幸运拥有美妙的睡眠，你会突然被那均匀的呼吸声感动，但这种意识总是很短暂，我们会立刻回到急躁躁的生活里开始继续奔跑，我们悔恨自己是不是跑错了方向，根本也听不见现代雕塑大师罗丹在十九世纪就开始的呐喊：难道这个世界只需要科技，不需要艺术和冥想了吗？而我们想听听自己还有心跳，还有体会温暖的能力，除了走进大自然，文学和艺术是个不可或缺的场域。

"上校打开咖啡罐，发现罐里只剩下一小勺咖啡了。"这是小说的开头，那些一勺勺已经被舀出去的咖啡，突然就成了这个小说即将要打开的全部故事，像极了这个空掉的咖啡罐，向里一望，一个无底的黑洞，马尔克斯即将要给我们填满。

"……他觉得肚子里好像长出了许多有毒的蘑菇和百合。已是十月。他已经度过了太多这样的清晨，可对他来说，这天的清晨还是一样难挨。自上次内战结束以来过了五十六年了，上校唯一做过的事情就是等待，而等到的东西屈指可数，十月算是其中之一。"这是小说的第二段，"等待"这一主题之一显露出来了。

"我实在是受不了了，"妻子说："你们男人根本不知道过日子有多艰难。有好几次我不得不在锅里煮石头，免得左邻右舍都知道我们揭不开锅。"我大概每一次都为此把书合上，独自在屋子里慌慌张张地走来走去，我几乎被上校妻子那个偷偷在锅里煮石头的行为掏空了，这一句话背负了太重的东西，人太过坚韧，透析爱恨，人也太过承受命运的无奈，就像美国作家梅·萨藤的日记里写道的"妥协成为智慧的一部分"。

"妻子绝望了，'你说，这些天我们吃什么？'上校自觉心灵清透，坦坦荡荡，什么事也难不住他。他说'吃屎。'"这个奇绝的结尾让我折服，多坚硬、多强大、多执拗、多天真、多有力的绝地反击，似乎整部小说经历过的一切都被翻篇，又预示着新一轮的命运起始。

太多了，我对这样的叙述完全失去了抵抗力，终于明白当马尔克斯觉得自己走进了死胡同，找不到一种既有说服力又有诗意的写作方式时，阿尔瓦罗·穆蒂斯把胡安·鲁尔福的《佩德罗·巴拉莫》带到了他面前，大笑尖叫：读读这玩意，妈的，学学吧！然后，马尔克斯将它倒背如流，这是他用"唯一"这个绝对性的词来证明自己对《佩德罗·巴拉莫》的热爱，这种热爱让马尔克斯重新找到了继续写作的道路，《百年孤独》从此有了前奏，那个活在（创建）马孔多镇的奥雷里亚诺·布恩迪亚上校将向我们走来，担负着布恩迪亚家族及马孔多镇百年的孤独史，拉丁美洲一个世纪以来的变幻，事实上，那是属于人类的集体基因。

也是因为热爱到了要全文背诵的程度，但我还是没有像马尔克斯那样真正做到全文倒背如流，除了对那些数不胜数的细节记忆犹新，我把小说的骨架拆解开来，为七个小节做了短语式的记录：第一节，两个"等待"开始，一个是等待斗鸡比赛的成功，一个是上校等待退伍金。第二节，到码头等待邮船，为妻子寻找医生。第三节，为维持生活而做各种努力，妻子靠缝补获得面包，上校卖家里唯一的钟表，又一次到码头等待邮船。第四节，准备卖鸡，但仍抱有对斗鸡赛胜利的信心而没有实施，那群孩子们继续喂养这只鸡。第五节，再次去码头等待邮船，妻子典卖自己的婚戒，神父说："用神圣的信物换钱是罪过"，到了为生存负罪的时刻。第六节，上校再次去找堂萨瓦斯卖鸡。第七节，上校再次去码头等邮件，开始第一天训练斗鸡，斗鸡场内的狂热情绪令上校回忆起自己年轻时的战斗激情，生活已陷入绝境，上校继续无尽的等待。这是一种近乎犯罪式的记录，犯了简化小说的重罪，尤其是小说中的生活、社会、政治环境，比如大选、上校年轻时的战斗激情、秘密传单，儿子神秘地在斗鸡场死去的真相等等，是小说形式与内容融为一体的保证。但我那样使用简单的简短记录的小方法，可以帮助我理解上校和妻子在整个故事中的反复挣扎和抵抗，厘清他们活着的轨迹，和西西弗斯一次又一次向着山顶推动大石头一样，一次又一次滚落，命运的真谛便显现出来，它是如此大费周折。

我因此爱上了上校，爱上了马尔克斯，爱他的小说，爱他一生喜欢的黄玫瑰，爱他的自传，又是他的一个唯一。在那本唯一的自传《活着为了讲述》里，马尔克斯用小说的形式讲述着自己的一生，讲述着哥伦比亚的历史之谜，他出生在哥伦比亚马格达莱纳海滨小镇阿拉卡塔卡，他的出生成为家庭矛盾的和解药，而他的妈妈在 1962 年 6 月 11 日圣马尔塔教堂结婚的当天，竟然忘记了日子，整个婚礼推迟整整四十分钟，我想说的是这样自由、幽默的家庭生活养育出的马尔克斯，似乎天生就令他的小说里充满魔幻，人物的性格既担得住沉重又自带幽默，但从他的自传里你会了解到，马尔克斯为什么说他的小说不是魔幻，而是哥伦比亚现实本身，还有那些在他生活中和小说中互换的香蕉公司，我寻找着上校的原型，那是马尔克斯的祖父在等待千日战争的抚恤金。我永远忘不了他在自传里写下的那句决绝的话："要么写作，要么死去。"我必须为此致敬。

　　我学着马尔克斯的叙述样子写了一个中篇小说《回到镜中去》，我学着上校天真执拗的性格，让其尽可能地赋予小说中教授这个角色相近的性格，上校和教授都是孤独的人，我学着马尔克斯用上校的顽皮和天真打破以沉重写沉重的单调，我知道我只能学到一点皮毛，但我还是愿意把那拙劣的模仿品献给上校和马尔克斯。

　　还有一个隐秘的自我缘由，我的童年就是抱着一只又一只绒毛鸡长大，漫长的暑期，我把鸡从满身绒毛抱到扎了硬翅膀，再继续一个循环，所以，注定我孤独的生命里总有一只鸡。所以，我更自我地理解着上校那种需要和鸡争吃食的绝境中，他和那只斗鸡的互体影射，上校又何尝不是那只等待着走进斗鸡场，那个神秘传单的散播地，那个看似和平的战后时代的缩影——小镇，一决胜负而获得活着的尊严的斗鸡。

　　而我和我的鸡抵御了黑龙江红村的贫乏，抵御了等待父母从黑土地里回家的焦

作者：加西亚·马尔克斯

出版：南海出版公司

出版日期：2013 年 5 月

虑，抵御了独自待在暗夜里的恐惧，抵御了我那时根本不明白的孤独与虚无。我还因此获得了一个天大的新发现，我用日日夜夜的时间观察到了小鸡如何睡觉的全过程，它的眼睛怎样关闭这个世界，在我成人之后，常把这个新发现问向身边的朋友们，在他们茫然和错愕的表情面前，我洋洋自得收获着快乐。三十多年之后，直到我遇到了这个倔强地喂养和训练那只斗鸡的上校，那只鸡支撑着上校的孤独和虚无，还有那个孤独的家族，人类与生俱来的喜忧参半的脾性，我再也离不开马尔克斯了。

刘爱玲，女，1979 年生。职业作家、编剧。《中国作家》《花城》《小说选刊》等期刊发表中、短篇小说 100 余万字，出版小说集《遗失与灿烂》。入围 2019 年度"城市文学"排行榜，获全国梁斌小说奖等。独立电影剧本《功夫之恋》。中国作家协会会员，山东省作家协会签约作家，鲁迅文学院第 32 届高研班学员，威海市作家协会副主席。现居威海。

冰
岩
○

邵力华——岁月湿地上的艺术逐猎者

打开圣明之门

金碧辉煌的里面

充满涛声的回响

你双颊儿童般的潮红

飘溢四野

那来自黎明的嘤啼

正顺着流水的方向

将整个森林照亮

——题记

初夏的午后，当阳光被天边滚动的黑云吞食，我知道，一场透雨将不可避免地将我所蜗居的城市的天空冲洗。而翻读手边艺术家邵力华教授这本《没有边界的田野》的书稿，便很自然地将我的思绪拉伸到他用文字展开的那没有边界的田野，从而来见证其生命岁月湿地中从未间断的对艺术近乎痴狂的追逐与狩猎。

在与邵力华教授亦师亦友的近 30 年的交往中，他突出的绘画创作成就一直以来都是我对其艺术家身份最为恰当的确认，这让我们身边的这群朋友似乎忽略了他不俗的文学写作功底与艺术理论建述。正如他自己所说的，在艺术的追求中，他是一位总"长不大的孩子……这山望着那山高……喜新厌旧、朝思暮想"，一个"不守规矩的人"。而这些思维特质体现在其创作中，恰恰成就了其别开生面、新鲜刺激却又在情理之中的精彩。难怪每当他在自己并不经常涉足的领域比如文学写作等有所斩获时，朋友们总戏谑地说：你得给我们留口饭啊！玩笑归玩笑，细究缘由，我们不得不承认，也正是这些不同凡响的综合艺术学养，才使得他的绘画创作在同龄艺术家中显得出类拔萃。

《没有边界的田野》的文本内容大体分为两部分，一是对少年儿童时期成长经历的怀念，二是对重要艺术思潮的梳理与反思、自己绘画创作实践的理解及对名家名作的解读。这些文章借助散文直抒胸臆的语言表述形式，以生动鲜活的笔触，从容而清晰地为我们展示了 60 年代始中国乡村农耕文明背景下走出的一个痴迷艺术的少年的生存成长状态和精神困境。书中不同题材文章所包含的丰富而巨大的信息量，让我们有机会通过文字的魅力走进一个艺术家隐秘的内心，来更加详尽立体地与之对话。如《12 岁那年，我的脑子很乱》《没有幸运就是幸运》《希腊少女》《大春》等，在这些章节中，贫困、无助、执拗、羞涩、痴迷等诸多意象与村舍、旷野、乡中校园等物象的交替转换，传递出写作者切身体悟、情真意浓的心灵意旨，对早年间少年时期坎坷的成长求艺轨迹的自揭伤疤式的情境再现，更是勾引起没有那个年代人生经历者一探究竟的好奇。当在《希腊少女》一文中读到：1979 年，一个羞涩的少年为了得到用于高考临摹的石膏像，接过"妈妈从裤兜里掏出一个手绢慢慢打开，数数一沓满有八块钱，她用颤抖的双手将钱放在我的手心"，从老家步行到高密站，再从高密坐火车到青岛，"手握着带有妈妈体温的一沓钞票，我从村子一口气跑了三十多里路，到车站后气喘吁吁的买票登上了火车，紧抓着装有八块钱的口袋不敢有一丝一毫的放松。"通过这些直抵心灵的描写，让我们从中体会到，一个农家少年求艺路上的艰辛与体谅亲人的内心情感波动，以及一个写作者对于细节描述的准确把握。或许因笔者和邵教授都有过相同的大把的乡村生活经历，在读这些文章的过程中我还是难以掩饰情绪的不平，以至于激动地拨通他的电话，一顿猛聊！

该书名取自其中的散文《没有边界的田野》，而题目中出现的中心物象：

"田野"，一冲进我的视线，我立刻想到了麦田、村庄、旷野、泥土、丛林、青纱帐……这些不断闪现的物象演绎了作者根植于内心的不了情节，从而无论是在其文章中还是在其多年的绘画创作中，已然具备了超越物象之上的象征意义。如他创作的诸多优秀绘画作品中入选第八届全国美展的《第二个春天的回忆》《青湖系列》等，都或多或少的与此丝藕相连。也体现了作者置身于工业革命、信息化革命的现代语境下，对田野生活的迷恋与怀念以及对农耕文明不断消减的感性遗憾与理性批判："我们走出田野了吗？我们何时才能回到田野，我们的内心还能装得下多少田野？"，"田野是我们生活的根，田野可以使我们的理想无际飞行，使艺术家的画面色彩纷呈、丰腴饱满……艺术家对于田野的依恋，是田野可以允许他的翅膀凭空奋飞，无须禁忌。"

如果说，以上提到的文章更多的是作者艺术生命历程中对少年儿童时代成长记述的可贵淘洗，那么，另外一部分充满睿智的对艺术美学探究的文章，则是他成名后作为一个成熟的艺术家对艺术创作与追求的敬畏与担当。

应该说，在邵力华教授这本以文字为主，绘画作品为附的集子中，其中占有不小比重的还是这几篇关于绘画美学探索、名家名作解读的文章，因其表述语境生动独特而在本书中也显示着不容小视的重量。尽管这些文章专业性较强，但因其散文般优美、知性的表述语境，以及明晰易懂的解读分析，使得读者能够较为轻松愉悦且心甘情愿的投入其布下的美学艺术的天罗地网，迷途不返。从中你可以找到木版年画的创作表现形式，也可以看到作者对梵·高、俄罗斯巡回画派画家列维坦、柯尔维尔等名家名作的诗性解读，以及《水墨意境中的民族情调》《安迪·沃霍的启示》《当代中国的后现代艺术之评价》中对不同历史时期不同艺术思潮鞭辟入里的审视与准确分析等。这些具有很高学术价值的论述，一反教科书式的"八股"而以作者亲历及自身创作实践与感性介入为基座，放低、进入，运用艺术过往中的史实、事例加以佐证，从而还后学者一个入情入理可供因袭、参照的真相。比如在《当代中国的后现代艺术之评价》中，作者对如何认识和评价当代中国艺术中的后现代问题，给出了自己的论断："一个民族从此时代进入到彼时代，从一个文化语境发展至另一个文化语境，是一种历史性的整体变迁，而不是某一局部的单向跳动，是整个民族经济、文化心态质变的必然结果，而不是单凭某个人对于异族文化的追随与猎奇性的模仿。"再比如，在《实验水墨的实践误区》一文中，对于近些年在艺术界从风起云涌到逐渐冷落进而回归理性的"实验水墨"，作者也一针见血地指出了其症结所在："那就是实验性水墨画进入了一个创作上的误区，创作者把偶然性当作必然性，把极端主观的个人雅兴当作可以领导潮流的文化激浪。"这些观点，其可贵之处就在于，这正是艺术家创作的亲身体验与实践的结果。

邵力华教授是一位综合艺术素养全面的艺术家，艺术门类涉猎广泛且有建树，他总是放任自己在艺术的海洋中，不断地自我伤害又不断地自我修复，尽管这种与生俱来的不安分不时地给他带来创作上撕裂与挣扎的痛感，但他总是乐此不疲！这或许就是其无论是绘画创作还是文本写作中，他既有前期象征主义注重感情，内涵单一、单义、简单，又有后期象征主义多重、多义、复杂，表现理智、抽象的思想观念的纠结与痴狂。从少年早慧到中青年的天赋与才华尽显，这些，都让我们对他的艺术创作下一步如何为我们制造新奇与惊喜寄予了更高的期待！

作者：邵力华

出版：天津人民美术出版社

出版日期：2019 年 7 月

冰岩，原名李小冰，1969 年 5 月生于河北蠡县东齐庄，曾于海军北海舰队某部服役。有诗歌、散文刊发于《星星》《诗神》《诗林》《中国青年报》《青年文学》等国内报刊，有作品被收入《中国当代爱情诗鉴赏》《永恒的诗神》等多种诗歌选本。与兆艮、强子、阿华、苏军出版有诗合集《发现》。曾为《威海晚报》《威海日报》副刊编辑、主编，现为中国文艺评论家协会会员、山东省作家协会会员、威海市作家协会监事长、《威海文艺》执行主编。

纪
小
北

〇

遗世而独立

——读燎原《昌耀评传》

是这样的寂寞啊寂寞啊寂寞啊

这些天，我一直沉浸在昌耀的世界里，跟随着他在跌宕起伏的精神世界里期望，流浪。

1950 年，当 13 岁的昌耀瞒着父母入伍开始，他便开始了一生的漂泊。此后若干岁月的许多运动中，母亲跳楼，父亲发配北疆后坠湖，与叔父决裂，失去消息永不再见；而他则在 21 岁时医诗栽入"右派"罗网，流放到祁连山深处的劳改农场，成为"大山的囚徒"，度过了 20 年痛苦而漫长的岁月；而平反后现实与理想的差距又让他陷入长久的寂寞。他空自燃烧的青春，他永无法相拥的亲情，他深藏而不得的爱情，"是这样的寂寞啊寂寞啊寂寞啊……"因诗获罪而他依然把自己交付给诗歌，在命运的颠沛流离中，他赋予那些文字超越时代的灵性和强大的震慑力、感染力。

他在人生的战场上一路辗转，他无助，被奴役，他抗争，他妥协，他不屈，他追求着"人情味"。他在最后听取内心的召唤：太阳说，来，朝前走。他纵身一跃。

这般决绝。

他，太累了。

多少人爱你遗世独立的姿态

在这之前，我并不真正知道昌耀，甚至没有在哪一本诗选中读过他的诗歌。当然这跟我肤浅的阅读视野有关。而他亦好像一直是游离于"主流"的视线，但现在他遗世独立的姿态，越来越凸显他的价值，吸引着更多在诗歌中寻梦的人。

读《昌耀评传》第一章我难以沉浸其中，在隔了些时日我再次读起，忽然在他年少漂泊的岁月里找到共鸣。而书中所选他不同时段的诗歌独立脱俗的姿态，则让我不断眼前一亮，甚至于被深深震撼。我想，80后的我将因此而爱上昌耀的诗歌，并获得力量。

看《昌耀评传》，让我想起最近喜欢的一首歌：《给电影人的情书》，其词虽没有昌耀诗歌的"大"气象，但这首歌依然可以看作我对昌耀先生的致意：

多少人爱你遗留银幕的风采/多少人爱你遗世独立的姿态
你永远的童真赤子的心态/孤芳自赏的无奈

谁明白你细心隐藏的悲哀/谁了解你褪色脸上的缅怀
你天衣无缝的潇洒/心底的害怕慢慢渗出了苍白

你苦苦地追求永恒/生活却颠簸无常遗憾
你傻傻地追求完美/却一直给误会给伤害/给放弃给责备……

人间不过是你寄身之处/银河里才是你灵魂的徜徉地
人间不过是你无形的梦/偶然留下的梦尘世梦……

在一次闲聊中，作家袁学强问燎原为什么要写"昌耀"？

他当时的回答出乎所有人的意料，他说，我爱昌耀……

是的，我们也爱他，爱他遗世独立的姿态，永远的童真赤子的心态。

在谦卑而清澈的光束中现身

燎原在《昌耀评传》后记中写道：它是我对昌耀的还愿。昌耀曾经用谦卑而清澈的光束照耀了我，现在，我要将这一光束返还回去，使他从幽暗中豁亮现身。

而有着记者、高级编辑、诗人、诗评家等多层身份，原居青海，与昌耀有着近20年交情的燎原，则无疑是现阶段"昌耀及其诗作"的最佳诠释者。

是的，现在昌耀在这些文字中鲜活着。每一个阶段的他，浪漫主义的他，理想主义的他，天真炽热的他，倔强卑微的他，胸怀山河的他，孤硬沉郁的他，不完美的他……每一个他，肉身都在命运之途中跌跌绊绊，而精神则在云海里翱翔高歌。

燎原并没有把他写成一个神话，而是一个活生生但又非常昌耀的昌耀，最大程度地还原一个人的烟火人间和精神世界。这个人的故事，可以是你我在大时代下的命运遭遇；但又绝不是我们，而是有着异常写作天赋的昌耀。

本书以纵横的大历史背景，翔实的文本资料及追忆访谈，真诚还原了昌耀之所以成为昌耀的生命履历、精神履历，以及创作履历。我对这本书的认识是：一、个体生命在时代背景下的鲜活呈现。无法掌控的大时代所带给昌耀及其他个体生命所改变的人生轨迹，所感受的不同生命体验，从而折射出的不同人性体现，被燎原描绘得生动而客观。二、诗歌语言在生命历程中的真实还原。昌耀诗歌语言中匿藏的玄机，被燎原这位"在场者"或"体验者"对应起了生命的若干阶段，寻觅到灵感奔涌的源头。三、诗风之变在不同阶段的客观论述。在生活激变中，昌耀的诗歌风格随之有着鲜明的变化，燎原对于这些变化的形成有着深入的论述和分析。而对于昌耀的部分思想，燎原则结合着时代背景提出了不同的看法和"评"论，这是本书特别值得尊重的地方。因而，《昌耀评传》则更好地成为我们解读昌耀及其诗歌的密码。

而从本书中"现身"的还有昌耀"亚当型巨匠"诗人的形成之路，我们就会明白昌耀后期诗歌那种恣意汪洋的写法，那种气象万千的意境，那种君临天下的气概，是从何而来。而他的诗歌的"大"，是如何让当下诸多叽叽歪歪的诗人相形见绌，映出一个"小"字来。

而所谓自由所谓爱情所谓人生所谓诗人

读《昌耀评传》时，我忽然想起 2005 年的夏天，第一次接到燎原老师的电话，问我投稿的诗歌《所谓诗人》缘何而来，我却慌里慌张不知所云地说了一通。想想《昌耀评传》的创作时间（2004—2006），2005 年夏正是燎原老师创作此书的过程中，而我写的小诗《所谓诗人》中的"诗人"形象或许引起他的一点想法吧：

码着字，残喘，辗转/站立在菜市场泪如雨下
当所有地方欢呼他的名字/他却在乡野草丛/燃起一根劣质香烟

他不肯妥协/弯腰的姿势始终没有学会
要么就决绝得彻底/匍匐在大地/拥抱四处的幸福与哭泣
他说美好从未走远/正如那些梦想，生生不息

而所谓自由所谓爱情所谓人生/所谓诗人/揭开盖头原来千疮百孔
他沾着时光慢慢打磨/慢慢打磨成一粒粒珍珠
活着是浪漫的，却如此痛苦/在诗歌与灵魂的突围中/他发现一个出口

他从自我写到超我/然后回归
他拒绝应景的文字/他不能粉饰生活

他写真正的生活/卑微的生活，伟大的生活
无论站立，还是爬行/他这样走过

　　写这首别人眼中或许算不上什么的诗歌，当时的我却是满怀着热烈，写出之后又很奇怪自己怎会写出这样的文字　或许这是我心目中真正诗人形象的折射吧。

　　无疑，昌耀符合我当初的想象，当然在威海还有燎原先生。

　　写这首诗歌那年我 24 岁，这个年龄应该是燎原遇见昌耀的年龄。我想燎原所说的昌耀"曾经用谦卑而清澈的光束照耀了"他，应该就是指他初涉文坛的时候吧，昌耀的诗歌给他带来惊喜的发现，或许曾影响过他最初的思想或写作吧。对于燎原传说中的诗集《高大陆》我没有机会拜读，但在《齐鲁晚报》"青未了"上曾读过他的诗歌《晚唱》《黄昏在乌拉泊看一只水鸥》，有着金属的质地，浸透着高原的浑厚、苍凉。那种美，有着与昌耀诗歌相近的大意境。而如今，燎原老师已成为一定范围内的精神领袖，用他张扬而炙热的光束照耀着许多人。这些人又照耀着另一些人。

　　写到最后，又忽然想起书中所引的昌耀的若干书信，跟五叔最初写给他的信那样，他写得是那样谦卑而文雅，热情而节制，那种古朴之风今已少见。忽又想起最后他在病中忽然给多年没有联系的燎原的通话中，这样说："我已经不行了，就想着跟外地的几个朋友打电话做个告别。但一想起我们的交往，我就情不自禁地想哭。"看到这里，我也泪眼模糊。这情谊啊！

　　当然，这本书，你可以不当作一个评传看，你可以当作一个知识分子的断代史来看，或者一个文字痴迷者"在路上"

作者：燎原

出版：作家出版社

出版日期：2016 年 3 月

的故事。这样的故事，我曾在 2002 年来威海的第一个冬日里泪流满面地读过，那是作家张炜的小说《远山远河》。当然，生活远比小说震撼。

纪小北，原名纪云浩，威海电视台编导，威海市作协副秘书长。作品散见《诗刊》《诗选刊》《青年文学》等。出有诗歌自选集《继续微笑》《等风来》。两获"威海市新长征突击手"荣誉，威海市首届最美读书人，威海市首届公共文化服务体验师。

苏
军
○

光，把尘世玉化

——读卞传忠的散文集《空谷足音》有思

五百年前，确切地说应该是 456 年前，在历史的长河中，三五年只是一个漩涡、水泡、一道涟漪、一朵浪花。然而就在电光石火之间，明朝三大才子之首的杨慎去云南路过湖北，大江横空，思古感今，举着沉重的枷锁，写下了词作《临江仙》："滚滚长江东逝水，浪花淘尽英雄。是非成败转头空。青山依旧在，几度夕阳红。白发渔樵江渚上，惯看秋月春风。一壶浊酒喜相逢。古今多少事，都付笑谈中。"130 年之后，草根秀才毛宗岗在评刊罗贯中的《三国演义》时，鬼使神差般地把这首词印在了卷首，从而开启了人们跨时空的普及式阅读，并赋予其与时俱增闻名寰宇的声誉。这说明真正的好作品，一定是玉质的，即使被厚厚的岩层石皮覆盖，但它的光芒一定会穿越历史，经过大浪淘沙而更加璀璨。

比如和氏璧，比如与罗贯中同乡的卞传忠先生的散文集《空谷足音》，语言质朴有力如弓如箭，色彩明亮如光如火，饱含人间的挚爱真情。会心的读者会看到作者十年来文学艺术之路上不断追求、不停跋涉的耕耘与收获，"无案牍之劳形"后主动放空山谷，回顾并审视自己丰富的人生历程，开掘并深挖尘世生活的细节与暖意，探寻心灵的自由和疏宕，铭刻隐秘世界里隆隆而过的"足迹"与"声音"。

文如其人身执玉

十年前，我到雁门关外一个煤矿，在地下三百米的岩层里为煤开路，打出一条条通向人间的巷道。这份工作不仅让我还清了十年的积债，还拯救了被大地囚禁了千百万年的火神，禁不住自我骄傲伟大一番。闲暇之际，就在四周逛逛。把太阳一次次埋进圪梁梁，把月亮一轮轮挂在黑色的天幕上。有一次，走到一面坡前，十几只羊吃着草，一个老头怀抱着鞭子半靠半坐，头不抬来眼不睁，任偶然间人来人往，任羊儿们坡上沟下。我递上一支烟凑个近乎，和他聊起来，结果让我惊诧了半天，一千多人正在干的煤矿原本就是他家的！他们叫窝子，或井或口子。卖窝子的钱足够一辈子吃喝的，子女都去了城里打拼，老两口没事就养羊玩。羊吃草草，他晒阳阳，互不打扰，惬意极了！

多年之后回到威海，结识了卞传忠先生，让我重新体会到了那种晒阳阳的舒服。这倒不是因为他长我廿载，见面如依时光之山坡岭堑；不是因为他曾为军分区副参谋长，能解民兵草莽的运筹韬略之缺憾。因为和他交往，不用装更不用藏掖，而不疲不累，感到的是和善与亲近。因为他家有矿——家，是国一样的家；矿，是千年流传的玉。那份温润的感觉，像阳光的汁水一点一滴地渗进寒风中的相见，丝丝暖意从涌泉穴形成对流一圈圈一轮轮而上，直达四肢百骸、风府百会，浑身顺畅、心神静明。

2016年秋，一次文友聚会，卞传忠先生说起他刚写的文章，缘起于一段亲身经历。我很兴奋，因为所执编刊物上"环翠茶坊"栏目急需一篇有分量的稿子。知道他不上网，便留了电子邮箱。夜里乘着酒兴茶劲，一气读完《人心还是向善好》，连呼好好。

善，莫大焉："叫他一念及、一提及就惊心动魄，就感激不尽，就感慨不已；叫我一听到就触目惊心，就喟叹不止且掀起了思绪的波澜——它，决不单单是一段亲历的故事，一场虚惊，一个化险为夷的特案，它是一个奇遇、一个奇险、一个神奇的结局。"

而善的巨大社会效能，他总结道："人心向善，这是基本的要求，向善的同时还要向上，天天向上。一个人，心向善了，内心就安详了，家庭就安宁了，所有的人，心向善了，社会就安稳了和谐了；一个人，心向上了，精神就焕发了，就想干事创业了，所有的人，心向上了，群情就振奋了，万众就齐心了……"试想果真如此岂不就是十四亿华夏儿女为之奋斗的"中国梦"。

第二天一早在去办公室的公交车上，接到电话，一看是卞先生的，以为有急事便接了——他让女儿把稿子传邮箱后，自己又认真读了一遍，感觉有个字需要修改……

接下的几天里，我俩反复探讨斟酌，有时为一个军事术语、一个标点符号推敲好几遍。这让我很感动，现在知识连环爆炸、速度追光逐电的社会交往中，这样认真对待文字的人实在太少了，实在值得像我一样天天摆弄文字的人敬佩有加还复加！后来，说起这事来，他说：对作品负责，就是对自己负责，尊重文字，就是尊重自己。

诚如"这部由三卷集而合之的散文集，每卷的落脚点都是'思'。即：'情缘所思'，是情或缘的感知之思；'且行且思'，是采访、旅游及漫步之思；'掩卷而思'，是读友人诗文书法所写的序言和评论，是感佩之思。一思、二思、再思，三思而后行，于是就懵懵懂懂地给自己生命的愿景确定了一个方向"（《澄怀情真共月明》）。这是一部书的序言，更是一个人修身立命的绝佳代言。

古话说"修身如执玉，积德胜遗金。"佳人红颜，一白遮千丑；友朋近邻，唯善共趋之。"道义之交，其情之真、之纯，恰如辽旷的雪野，纤尘无染，冰清玉洁……宛若在我心灵的雪野之上标划出的迹痕，清晰而绵长，并将牵引我走向更远的地方。"（代序）我们和好人、善者在一起，岂不是天天沐玉泽、处处拾金捡银，这不就是传说中的天上掉馅饼吗？幸哉，甚哉！

气正行端平见奇

2019年11月，中共中央总书记、国家主席、中央军委主席习近平致信祝贺甲骨文发现和研究120周年时强调指出："汉字的源头和中华优秀传统文化的根脉，值得倍加珍视、更好传承发展。"

宋人邵雍说"欲出第一等言，须有第一等意。欲为第一等人，需做第一等事"。对于此，卞传忠先生秉持自己的理念和主张，让文学重新回到生活，找回原有的血性和正气，让生活充满艺术，从而把文学艺术和生活达到零距离，互为照应、互为生养。

"生活要求我，必须经常地进行自我检点：检点生活到不到'位'；检点生活有没有'味'。为此，一直坚持以平淡、安静、快乐的常态，努力达到厚重的'平实'——生活平实、行文平实。以平实的生活孕育平实的文字，以平实的文字表述平实的生活，从中找出生活的'理'，把'理'说与自己，见诸文字，示与友人，求得教益。（代序）"

我在写作上的自我要求是意思第一，形式第二，技巧第三……我的写作状态，约而言之有四句话：即苦读书，勤思索；低调子，宽视野；重细微，深挖掘；多求师，细揣摩。我觉得，作为一个文化人，需要低调做人，大视野看事。通过深深的探索挖掘，梳理出生活之理，艺术之理，自身之理和他人之理。并将这些道理写下来，交流出去，进一步地检验和完善，这便是责任的担当和历史的担当，也是文化人的意义……就写作而言：读则有益，悟则得妙。感悟，往往与联想结合在一起，有联想，便会有诗文。感悟人生就能得到自我提高；感悟艺术，就会得到创作的深化（《心为文学久低昂》）。如果说潮流浩荡、不进则退，那么静止就是当下的一种逆行；在定力不足的情况下，盲目否古以致走上形而下之下、创新不守正的畸态歧路上，原本平实中蕴含真善美的素颜写作更像文学新时代的"无为之为"和"拍案惊奇"。

《秋分拜谒天福山》《噢，南京》《石岛，永远的念想》《仙山桃源刘公岛》等篇章里，那些闪着光、带着电，饱蘸血色的字句，如火似药，在岁月的熔炉里炼制青埡峰下的神汤灵丹；如枪似弹，在品德的靶场上百发百中，直击命运的脏腑和要害；如兵赛将，在人生的战场上排兵布阵、攻守有道。

《婴儿床》《看鸡下蛋的启示》《难忘当年黑板报》《家友大家的朋友》《夜宿狼虎哨》等篇章，都代表性地呈现出"气正行端、平中见奇，质朴有力"的创作风貌，将普通的生活细节提炼萃取，从而实现世俗的即时神化和精神舍利的提前玉成，还原文学的"大朴不雕"与"拙重大"的本来正解。

后工业时代，核心技术继续引领着科技与消费的发展，同时也无可避免地渗透进文学艺术的创作，并鸠占鹊巢而炫耀说"这不再是写什么的时代，而是一个怎么写的时代"，显然是把"表现""耍滑""卖弄小聪明"当作出奇制胜的法宝，大收卖油翁手熟之乐，忽略了"猪撞树，人撞猪"上的"软埋"与"肉疼"。写作技巧的过度卖弄成为文学新人类的皮肤病，成为道场的喧嚣与杂质，成为灵魂的海洛因。中华民族向来尊崇思想深邃、品德高尚，向来敬慕仁人志士，向来敬慕才华异能，但才情不是命运伤疤的文身刺字，不是回忆的美图秀秀，更不是悲伤挤下的血，甚至免疫系统的排泄残留，而应该是思想和形式完美结合的新发现。

对于母语、对于汉字，不论是书法家还是作家，都应该坚守正念端行。我感到，卞传忠先生的整个心思都是"文学和书法"，而"文学和书法"旨在文化。他认为，"文化"是个天大的事情，为文化而笃行是终生的事业。用文化的"养料"培育文学，用文化的"尺子"去丈量文学，从而找出文学的价值；用文化的"圣水"浇灌书法，用文化的"能量"驾驭书法，从而确定书法的身份。这，便是他一生的追求。在向"钱"的氛围中，曾听到他对书法的识见——真正的书法是学问孕育的艺术女神，她的根本属性是文化。她是中华民族精神的图腾，圣洁而永恒：读书人、后继者离她不得；粗野人、名利者沾她不上；浮躁之心、肤浅之见，浮夸之举，难进其门。何以登堂入室与之攀谈呢？那是有志于中华民族文化之光前裕后者，穷其一生的真诚，仰之学之的事情。他对流行的书法"乱象"，曾作过这样的描述：

书法一旦仅仅是写字，匠气便形成了

书法一旦不再写字，无聊便开始了

书法一旦追名逐利了，浮躁便盛行了

书法一旦成为皇帝的新衣，愚昧便出现了

书法一旦不再是书法了，污染就没治了

把书法说成玄而又玄不可取

把书法不当回事

甚至糟蹋书法更不可取

中国人

要干中国的事（《博学善悟　雄浑清逸》）

互联网、物联网、人工智能的迅猛发展和叠加效应，使得文学创作还没有来得及略加适应的尴尬境况下不得不仓促上阵，快餐文化、心灵鸡汤的泛滥不仅像地沟油一样倒了人们追求经典的胃口，也使得文字从"结绳记事"的文明标志被如今广泛惯性地使用而失去自然的鲜活，甲骨文的"铭心刻骨"被电脑鼠标锁定后"一键删除"，石鼓文"入石三分"、金文的"鼎力"逐渐变为手指的敲敲打打。一个键盘给汉字带来飞天遁地的存在感，也将文字中蕴含的山高海深抹平。文学因为缺少了作者精气神的营卫，以及失去了心血的浇灌，从而失去了固定的人类独有的体温，失去或模糊了作为中华文明精神图谱的密码重要性。

新时代文学实在太需要"一场驱暑送爽的透雨"——

"雨打窗玻璃：唰的一下，满窗银元；华丽转身一窗水线，紧密持续，爽利转换，循环往复如琴如弦；刮洗得玻璃明镜一般。雨冲洗得楼顶艳红一片；淋洗得树冠低语缠绵；往日熙来攘往的拥挤不堪的街，变成了条条黑黝黝的传送带，背着明净的水迅跑。惬意忘情的我，似乎觉得此时的眼前：这不是雨，是洗涤心尘的圣水；这不是雨，是驱躁兴乐的良药。"（《新秋好雨润华夏》）

文学新时代实在太需要敬畏经典、尊重传承，像书法篆刻一样把每个汉字的一笔一画写出个人的胸怀和风致，写出民族的伟大和悠久，写出人性的光芒和温暖，写出灵魂的辽阔与深邃。

桃源空谷足音隆

千里东平湖，英雄水泊地，数千年的日照月浸把一块石头打磨成汉隶三大法书之一的《张迁碑》。倥偬几十年，诗文数百篇，有多少丰功伟绩可铭而传，有多少鸿鸣雁叫遍云行世？唯有"立德、立功、立言"，唯有正义不犹豫、尽力不遗憾，唯有增不了光彩雪中炭，绝不给人添麻烦，唯有"走尽天涯笔已瘦，驻游随心自作舟"，唯有"空谷"桃花源——

　　空山、空谷，是我的精神憩园，是我心仪的故乡——那里的明月、清风、飞瀑、流泉、响溪、远林、修竹、碧草、幽石、生灵等等，都是我血亲般的朋友，都有肌肤之感、荣辱之连、手足之谊；那里的风云、雨雪、阴晴，日月升落、雷鸣电闪、兽奔禽唱、山魂水韵，都是我之所爱；是皎月、朗日也好，是浑莽、烟雨也罢，都有诗意美感，都是我之所喜，都是天然，都是自然，都是自然而然，自由而由，自在而在；那里有白发的渔樵、采菊的陶渊明、亲山爱水的王维、孟浩然，独钓寒江雪的柳宗元、静坐观山的李白、"晚来天欲雪，能饮一杯无"的白居易、寻隐的贾岛、深柳读书堂中的刘眘虚、散步咏凉天的韦应物、悠然自逸的刘禹锡……像这样的地方，偶尔抵达，安居一时，畅游一番，亲昵一通……都会有空山容我尽疏狂的爽感和心灵自悟、欣然自喜、悟悦自足的幸福感；不能至时，心仍在兹，痴情神往。像是能听到那些高士就要到来的足音，能听到自己前去迎接时心跳的声音，挡它不得，撵它不能……那些我心仪的高士贤达，文朋诗友，时不时地吟哦着悠悠前来，渐行渐近——那脚步声清晰悦耳，节奏明快、悠扬、次第而至，足音跫然；那未见其人、先闻其声的欢悦，宛如初恋。（代序）

　　对于当下文艺界的以反叛为标新、以恶黑为高古的"丑书"，卞传忠先生既有着形象的比喻和由衷的提醒："一轮红日就蹲在山顶，璀璨的光芒明晃晃地垂照下来，我望望日头，嘀咕着内心的担忧——你可别滚将下来，摔坏了金子般的身子。"（《夜宿狼虎哨》）也有直截了当的良药忠告："靠文学去滋养，要靠文化去驾驭。这是需要一生的忠诚和勤劳来干的活。"（《千潭一月明镜心》）更有自己的铭句"敬畏传统，崇尚正大气象"。

　　对于为文，他写道："诗文中主张的思想，是诗文的灵魂，技巧是灵魂的形体，而真情是彰显灵魂的要素……究其一生的热情写出生活的实感；写出生活的原生态；写出那种鲜活之气、清正之气、浑然之气；写出人生的真谛和人的心智

之美与气格之美。"（《用诗文的光芒照亮人生》）

人若星辰，像太阳，像月亮，重要的是太阳不行炙烤、月亮不掺广寒，让光永远保持本来的样子——温暖明亮，让光始终拥有指导的功用——光明未来。光从天上到地下的时候，万物生；而文学之光从读者体内散向身外的时候，生恒永。其实，每个人都在用自己的一生制作一台移动的灯盏，聚变成一个能量的恒星体；每部作品都是傲骨热血修炼而成的一枚赤玉，都是雅俗凡胎涅槃之后的一颗舍利，都是不灭魂灵转世重生的"肉身"。只有这样人性的光芒、悲悯的情怀才会形藏于诗文，神游于七维，在后世"向我的师友致敬，向顶礼膜拜的先贤和文化致敬"（《千潭一月明镜心》）并传承发扬中一起沿着时光的轨迹逆行回到本初，赋予曾经以包浆，赋予过往以秘钥，完成精神生命的蜕变、升华和玉化。

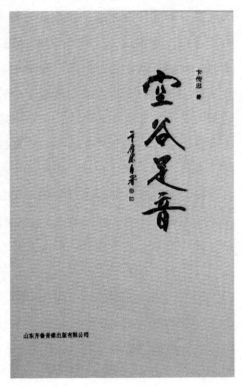

近朱者赤近墨者黑。相信与好人在一起，坏人能变好；与坏人在一起，好人能变坏。所以与卞传忠先生交往日深，越觉得自己"红"得家国天下、铁骨铮铮，"黑"得笔飞墨泼、纸香砚润。有时，在他的书斋"抱玉庵"烹茶论道，谈笑金戈铁马，浏览万卷藏书，抚摸七彩金石，聊拉契刻镌铃，犹如"春风拂面"，祥光熠熠，妙语金句，易筋洗髓。恍惚之际，梦回春秋——那块聚天地灵气、集日月精华的大玉石，一定是感动于卞和倾命护爱而一分为二：一部分做了传国玉玺，见证朝代兴亡、红尘滚滚；一部分化身入体，见证红楼佳人、冰心玉壶……

作者：卞传忠
出版：山东齐鲁音像出版有限公司
出版日期：2020年6月

苏军，1971年2月生于山东省临朐县土埠店村。山东省作家协会会员，中国诗歌学会会员，威海市作家协会秘书长，现为《环翠文艺》执行主编。作品见于《诗刊》《中国作家》《散文诗》《山东文学》《青海湖》等期刊，在《星星》《诗选刊》等获奖。作品收入《中国2019 年度诗歌精选》《70 后中国汉诗年选 2018 卷》《山东作家作品年选 2017》《山东诗歌年鉴》《齐鲁文学作品年展》等。出版诗集《用沧海》、诗合集《发现》。

杨清燕

○

觉醒的灵魂

——《被偷走的人》读后感

2007 年，法国新锐作家提埃里·科恩的悬疑奇幻小说《被偷走的人》悄然出版，却以席卷之势迅速获得法国各大图书畅销榜冠军，荣获让·德梅森法文小说大奖，法国亚马逊五星推荐，被著名导演重金抢下影视改编权，一周内图书版权出售全球二十多个国家及地区。是什么力量，让此书获得如此殊荣，感动了全球数百万读者呢？我急不可待地寻找着答案。

果然，这是一本拿起来就放不下的书，一口气读完后心情久久难以平静。

《被偷走的人》荡气回肠地讲述了一个悲剧性情感故事。作者围绕着生命与死亡这个人类永恒的话题，运用让人欲罢不能的分镜式写作手法，以奇绝的想象，优美的文笔，令人呼吸急促的节奏和荡人心魄的罕见情节，描写了二十岁的主人公游走于人生边缘，看见了内心的黑洞，在爱情和死亡中徘徊，在挣扎和痛苦中找回自己，并让灵魂在抗争中觉醒的过程，字里行间写尽了隐于人心深处的荒诞与癫狂、欢喜与哀伤。

热雷米和维多利亚度过了青梅竹马的童年，他以为会同她厮守一生。二十岁生日这天，他鼓足勇气表白，竟被她一口拒绝。他心如死灰，服毒自杀。当他睁开眼睛，已是二十一岁生日，一年时间悄然流逝。所幸维多利亚正守在身边，并深深地爱上了他！夜幕降临，美好的一天即将结束，沉郁的祷告声在耳边神秘响起，他又昏昏睡去。再度清醒时，是二十三岁生日，维多利亚是他深爱的妻子，并与他有了一个可爱的孩子。二十九岁生日那天醒来时，他发现妻子已伤心欲绝地离去，并指控他是残酷、可怕的恶魔。

昏睡，清醒。昏睡，清醒……一年、两年、六年倏忽而过，时间被看不见的盗贼无端偷走，他陷入越来越深的迷惘和恐惧……

为什么人生会变成这样？到底是谁偷走了热雷米的灵魂，让他一生中只有九个生日的一天时间是清醒的，其余五十多年的时间都被一个邪恶的灵魂占据着躯体，折磨他的妻子、孩子、父母和朋友。让他干尽了所有邪恶的事情：不认父母、虐待孩子、对妻子不忠，勾引朋友的妻子这样丑恶行为？

是他自己吗？在一步步探寻真相的过程中，他惊愕地发现，这一切都是因为他蔑视生命，上帝对他的惩罚没下的忏悔之路。

作家提埃里·科恩以热雷米终结生命的心理描写为开篇，借主人公热雷米之口，批判自杀是极其自私、愚蠢的行为。第一章中写道，"除了离去的方式，什么都不想，不想爸爸，不想妈妈，绝不想。只想自己遭受的耻辱"，此刻的他早已无视父母将要承受的痛苦，以一种报复的心态，放弃自己的生命。"我根本想不到那些爱我的人，满脑子只有不爱我，不愿爱我，甚至连一点希望也不愿给我的她。"他被爱情拖入死亡的深渊不能自拔，却在心里将这一切归罪于上帝。"上帝，我为什么要向你祈祷呢？我不要什么未来，还你吧。你把它赐给别人吧！你能给我的只有那无底的深渊。"他甚至咒骂上帝的不公，"上帝，待会儿见！到时再与你算账！你欠我一个解释！你反对自杀，抛弃自杀者，是吗？我是被你从活人堆里抛出去的！你得为我的所作所为承担责任！"作者通过他内心活动的描写，突出他在遭遇挫折，面对死亡时，不自省、推卸责任的态度。

其实我们在现实生活中，也常常会遇到这样的人，因为自私的爱，不能如愿便心如死灰，以死解决问题。就像主人公一样，在看到维多利亚的未婚夫出现时情绪失控，他爆发出痛苦的呐喊："她是我的，她为我而生，她属于我！"他无视维多利亚的意愿，以一种极度自私的心态，体现赤裸裸的占有欲。而这样的呐喊是徒劳的，没有哪个人会专属于我们，唯有付出真诚的爱，才能让彼此的心更加贴近。热雷米不知道他的表白，已深深打动了女孩的心，二十岁生日那天维多利亚去他家找他庆祝，可惜热雷米已经服毒自杀。

小说《基督山伯爵》中的最后一句话说："人类的全部智慧就包含在两个词中：等待和希望。"这不就是在告诉我们，一个人永远不要绝望吗。热雷米没有意识到他的生命何其珍贵，只有在磨难中捶打意志、在岁月中历练心性，对自己和家人负责任才能拥有理想的人生。他若能学会在痛苦中再等待一会儿，也许梦想就能实现。可他偏偏义无反顾地选择了死亡，他幻想另一个世界可以摆脱痛苦。真的可以摆脱痛苦吗？本书精彩之处恰恰是作者又赐给热雷米一次生命，塑造他的双重人格并以此为对抗，揭开了自杀对他生活的严重影响。

罗曼·罗兰说："生命是连续不断的死亡与复活"。小说就是以热雷米七次苏醒作为时间轴，追溯他遗忘的过去，而他每一次的短暂醒来，都是在灵魂觉醒的路上前进了一步，为了唤醒他的责任感，小说在故事情节的设计上，越往后醒来越是更糟糕的生活。尤其是在第三次醒来后，他发现自己已经是两个孩子的爸爸便不知所措，他搜索一切线索后，发现这是距上次醒来后的第六年生日，维多利亚已经不爱他，离开了他。儿子恨他、父母不认他、好朋友也厌恶他。这不是他，他在内心呐喊。这一天最动人的是小儿子西蒙受伤住院后，热雷米和大儿子托马斯在医院里的一次交流。

儿子对他说："妈妈说你其实一直知道自己犯了什么错，只是不愿意面对。"

"是啊，直到最后忘记自己做错了什么。儿子，你对我说说你怎么想。你可以把一切告诉我。"

托马斯犹豫片刻，满脸忧伤地说："你从来不去看望爷爷奶奶。我们去时，奶奶掉眼泪，爷爷说没有你这个儿子了。如果你想与他们和好，也不是没有可能。瞧，我们俩……今天早上我还恨你呢，可现在……我们已经相处得不错了啊……"儿子的每句话都那么真诚，他无法抑制内心的感动，失声痛哭。

"托马斯用小小的臂膀把他紧紧搂在怀里。"

"没事，爸爸，会好的。"

生命的节奏就是爱。儿子的爱给了他莫大的力量，其实维多利亚一直深爱着他。这才是他真正想要的生活。他开始反省，给家人造成的巨大伤害用失忆行为来解释是多么空洞，原来自己身体里的恶魔才是罪魁祸首。为了保护家人，他终于开始行动。尽管他只有一天的时间，他去买录影带用尽全力给维多利亚录音，让她明天送自己去精神病院治疗。在得到与失去之间，他听从内心的声音，做出理智的判断与选择。正当他想要弥补一切的时候，他又一次陷入昏迷。

令他没有想到的是，接下来的两次的苏醒，他的情况越来越糟糕，他竟然对挚爱的维多利亚施行家暴、和好友皮埃尔的未婚妻同居并同她谋划如何残害家人、与父母彻底决裂不仁不义到极点、收到妻子的离婚协议、竟然还与毒贩勾搭在一起……他在偷偷去看妻子和孩子的时候进一步知道，他是让人恐惧的人，他们开始怕他，躲着他，亲爱的人就在眼前，失望、疲惫、精疲力竭。他知道了他是一头没有人性的野兽。无处解结的痛苦，让向来不信上帝的他，终于在哭得视线模糊、天昏地暗的时刻来到教堂，焦急地向教父求救，诉说着灵魂被折磨的痛苦。可是，没有任何人能帮他。为了家人不再受伤害，他出卖罪恶的灵魂，把自己送进监牢，在监牢中反思过去。当他认识到藐视上帝的自杀行为是自己的罪过时，他决定在下一次重生前，开启一条自我救赎之路。

十二年的监狱生活，热雷米只醒了一次，了解到他和同伙即将干掉被他出卖的毒贩子，他能做到的只有行动。"他采取手段，给自己增加了若干年的刑期。这是他唯一能做的爱的证明。"热雷米把那个邪恶的自己完全隔离了，以使维多利亚免受威胁。而他也因此不得不在监狱里终老一生，摆脱噩梦的机会将化为乌有。

读到这里，我为热雷米难过。不是每一次的重生，都能收获幸福。人的一生，都是在与不同阶段的自己进行较量，在积极与消极的正负思想中顽强抗衡，在痛苦和选择中让自己成熟的过程，不考虑后果的自杀行为，必将自食其果。

好在作者很巧妙地通过爱情、亲情，唤起主人公自我身份的认知，让他在自我救赎的过程中不断觉醒，慢慢找到了家人的爱。

热雷米刑满释放出来后，二儿子西蒙跟踪他怕他伤害家人。自从这次的见面之后，他原谅了父亲。每一年的5月8日热雷米生日那天，西蒙都会来医院探望他，看看他的爸爸是否苏醒过来，而他每次都能够通过眼神辨认出那个真正的爸爸。

再一次醒来已是二十二年后，他摸着干瘪的脸，拖着无法移动的身体，六十五岁的热雷米一点都不快乐。这次苏醒的首要关注点从家人的安全转移到维多利亚的再婚。在他的努力下，家人已经过上了安稳的生活。可是他的生活却被逼向崩溃的边缘。作者写道，"他本想不管不顾不在乎，随波逐流地度过余生，可生活总是想方设法并毫不留情地玩弄他。他是被囚禁在残疾老人躯体内的二十岁年轻人。""我和活死人在一起。我没有家人，孤苦无依。毁了我生命的那个人去死吧！""他恨不得立即死去，死在平静的幸福中。他闭上眼睛想快点入睡，希望生命的终点尽早来临。"读到这里，你能体会到主人公灵魂深处的绝望和不甘吗？

好在，有西蒙的陪伴。每次他都强忍着哽咽，俯身，拥抱爸爸。"求你，别离开得太久。"西蒙的声音多么温暖，他给父亲带来了希望，在孤独短暂的时光里唯一的希望。

2055 年七十四岁的热雷米在生命的最后的一次苏醒中，他看见了维多利亚，他用眼神和她进行一段无声的道别。他说，"这难以置信又徒劳无功的重逢。我的生命是一个黑洞，一道深渊，一条没有尽头的隧道。无边的黑暗中，我陷入了一段没有生命、没有记忆、没有自己的悲伤之旅……"

看到这谁能不为他的悲惨命运动容呢？

故事结尾，教士终于在他即将离开这个世界的时候，为他解开谜底，揭开真相。教士说："您 2001 年 5 月 8 日就已经死了。每当您清醒过来，意识到自杀后果的那一天结束时，您会再次死去，热雷米。""生命是一笔财富，人类永远无法真正衡量它的价值，我们每一次选择都可能开启不同的世界。那么多道路！那么多选择……办法总是有很多，最差的有时却最有诱惑力。"教士接着说："您做了这个选择，就是一种挑衅，是对上帝的侮辱。我们的灵魂来到世间是为了学习。不求完善、不设法让生命前行、甚至嘲笑自己灵魂的人只是一具尸体，既无用，又无意义。世间有太多这样的人，他们的灵魂迷失了，忘却了最重要的事。您的行为是对生命最严重的亵渎，对上帝最严重的冒犯。上帝希望您认识到自己的错误，所以，另一个灵魂占据了您的身体，那是一个只懂得享受、破坏和毁灭的灵魂。或者说，并不完全是一个灵魂，而是您灵魂的阴暗面，是您的选择释放出的灵魂。"

"真正的灵魂会在几个瞬间，几天里重返躯体，让您评判这种行为的后果，看看您的选择怎样摧毁了一个世界。于是，您苏醒过来几次，在最重要的时刻醒来，看看那个被您放弃了的生命。"

热雷米停止了呼吸，脑海中漂浮的乌云突然吞并了他的全部。他随着光亮在人间与地狱徘徊。"孤独，拒绝走向他人；绝望，拒绝面对希望。你决定死亡，就是做出了一个决定，一个牵扯他人、牵扯那些与你一起塑造生命的人。热雷米，你后悔吗？你后悔到什么程度？"

本书的魅力就在于此，越接近尾声，文字的力量越强大，每一个字都像钟声一样敲打着主人公的灵魂，可我感觉这无声的力量更在启迪着我们每一位读者。

这一刻，他才想起他的自杀，他感到恐惧，每个醒来的日子像锋利的碎片割伤他的灵魂，他的地狱如此可怕。他后悔对亲人的伤害，他开始对上帝忏悔。

灵魂在深渊中觉醒过来，他要活下去，重建人生，让亲人幸福的强烈愿望冲击着他，他终于知道懂得了生命的意义。

当他祈求上帝原谅的那一刻，他醒了。其实这就是一场梦，热雷米从自杀未遂到历经劫难再到老来悔悟的长达九天的梦！非常值得一读的梦！

作者：提埃里·科恩　王大智译

出版：南海出版公司

出版日期：2010 年 12 月

杨清燕，女，1969 年 4 月生，华能山东石岛湾核电有限公司女职工主任，荣成市作家协会副秘书长。热爱文学，善弹古琴。有诗歌、小说和报告文学等作品发表于报刊，曾获荣成市文学奖项。

李富胜

○

大风歌兮，高奏着壮丽宏大的历史交响史诗华章

——读唐明华长篇纪实文学《大风歌》感悟

　　读罢《大风歌》沉思良久，不禁怦然心动，巨大的共鸣强烈的震动，会使你的灵魂得到一次圣洁的精神洗礼，使你的思绪在追寻和向往中去思考，以至产生一种强烈的认知认同。作者以敏锐的目光，审视四十年的浩瀚历史，去寻觅岁月中那些闪光的印痕，用深刻有力的笔触，构画着民营经济发展历史的壮丽画卷。可以坦言，作品那感人至深的故事，让你震撼动情而激动不已，书中塑造的那栩栩如生活灵活现的历史人物，会让你重新审视自我，品味思考人生的意义和本质。作者质朴真诚的创作心态和勇于探索的担当，把四十年激情燃烧的历史跃然纸上，写就一部泱泱巨著，确实令人感佩。

　　大题材，大超越，深度挖掘，集大格局构成宏大的历史画卷，天地可鉴。

　　四十年在人类历史的长河中可谓一瞬，然而在一代人和社会的一个时期，它是一个厚重的数值。2019 年，中华人民共和国成立七十周年，而中国改革开放的道路走过了四十年，"路漫漫其修远兮"，中国在四十年的发展中，历尽坎坷曲折，艰难困苦，跌宕起伏。但是一路走来，一路风光无限，一路高歌洪亮，取得了全世界瞩目的成就。正如著名经济学家罗纳德·哈里·科斯预言：一个开

放、宽容、自信和创新的中国，将会在不久的未来给世界带来更大的惊奇。一个伟大的时代，书写着一个伟大的传奇，唐明华先生以犀利的目光捕捉到了一个中国社会中的重大题材——"民营经济"，对这一题材进行了全方位的采访提炼，深度挖掘其历史节点其主题内涵，或其大格局，书写宏大壮丽的历史画卷。

《大风歌》一书，扉页上写着这样一句话"谨以此书纪念改革开放四十周年"，读者不难读懂作者的创作意图，浃浃三十多万字，除"引言"和"尾声"外共十四个篇章，每个篇章都有一个主题，在篇章前加了按语题要，读起来条理清晰。每个篇章主题思想明晰透彻，其中人物构画的淋漓尽致，都是设定在典型环境中的典型人物，每一个故事讲述得生动活泼活灵活现。第四篇章"七上八下"，从"半亩方塘起风波"到"百味杂陈""太爷鸡""傻子和傻子瓜子"，历史背景、人物个性、故事叙述都入木三分。题要中的一段话，吸引着读者急于去探寻书中的故事。"依靠先行者的实践和当权者的智慧，僵化的体制壁垒最终被撕开一道小小的口子。民营经济的千军万马从这里一拥而出，中国艰难地完成了一次历史突围"。"傻子瓜子"在当时闻名全国，是改革开放中成长起来的民营企业的一个伟大传奇，创造奇迹的是一个文盲——年广久。他成为中国改革开放以来"第一商贩"，在创业的过程中，他的故事惊动了中南海，牵动了邓小平。1992年春，邓小平南方谈话后发表了重要讲话，其间邓小平再次谈到"傻子瓜子"的问题："当时许多人不舒服，说他赚了100万，主动找我，我说不能动，一动人们就会说政策变了，得不偿失。像这类问题还有不少，如果处理不当，就很容易动摇我们的方针，影响我们改革的全局。城乡改革的基本政策，一定要保持稳定。"年广久这位普通百姓个体户心怀感恩，请安徽师大教授代笔，给邓小平写了一封信，表达了感恩崇敬之情，并坚定地表示"更大地扩大经营规模，把'傻子瓜子'打到国际市场上去，为国家多作贡献"。《大风歌》十四个篇章中讲述了数十个这样的故事，"傻子瓜子"只是其中的一个缩影。

民营经济是中国经济的中坚力量，个体经营是改革开放的急先锋，是新时代大潮的弄潮儿。1988年4月，私营经济的提法第一次出现在中国的宪法中，1988年6月，国务院发布了《中华人民共和国私营企业暂行条例》，私营经济的地位终于得到正式承认，"犹抱琵琶半遮面"的历史结束了。有关资料表明，1978年中国没有一家私营企业，2017 年世界五百强中，中国企业数量已达到 115 家，其中民营企业超过 25 家，民营经济已走上国际经济舞台。正如经济学家所预言，我国民营经济只能壮大不能弱化，不仅不能离场，而且要走向更加广阔的舞台。人类社会发展史中有两件重要事，一是历史，一为文化，前者可鉴事，后者可润心，《大风歌》是一部经济史，更是一部文化史，既可鉴事，又可润心，读《大风歌》，你会感受到久违的共鸣和感动，仿佛欣赏一幅宏大壮丽的历史画卷，波澜壮阔激情飞扬，荡涤灵魂洗礼思想。

　　小人物，大情怀，追逐时代潮头的勇者，是社会的推动者，更是历史的创造者。

　　《大风歌》中所描写的人物，都是当初的平民百姓，是言不见经传的小人物，然而作者对这些人物的刻画塑造却是独具匠心，巧笔勾勒，可以说达到了文学的氛围境界，"典型环境中的典型人物"，"文学就是人学"，这是文学最重要的本质内涵。文学首要的是必须写好人物，作者在讲述故事时，通过语言、情节、环境等诸多细节，将人物塑造得生动深刻，厚重伟岸。他们像这个时代的萤火虫，卑微孤独不被理解，没人在意，但小人物大情怀，小人物大气魄，小人物情纯真，小人物可亲可爱。读到书中人物，使人联想到世界文学巨匠莫泊桑小说中小人物的可爱伟大，尽管时代背景迥异，但人性本质相通。

　　书中人物处在一个特定的历史时期，他们的人生轨迹各有不同，但他们却有着共同的特性：一是在艰难曲折中探索，"摸着石头过河"。他们在创业的过程中，自始至终经历着艰难困苦的磨砺，风霜雪雨的摔打，顶着来自四面八方的打击和压力。"螺丝大王"刘大元，7 块钱起家，7 万元逃亡，70 万元盖房子。为了自己追求的"螺丝"事业，刘大元经历过漂泊不定的逃亡生涯，甚至差点摊上牢狱之灾。还有"太爷鸡""傻子瓜子""纽扣大王"等小人物，大都经历过凤凰涅槃浴火重生。二是他们共同坚守着勇敢的精神和不服输的气节风度。他们的精神和勇气，实际上是一种不懈的努力追求，也是事业上的执着守望和坚韧的耐力。在对事业的追求向往中，其实最为可赞的是，他们不畏惧不退缩地做一个自信的人，在人生路上，他们跌过跟头，然而庆幸的是，他们跌痛了也跌醒了！没有跌过跟头，算什么人生，懂什么人生！海明威在《老人与海》中有一段话，可以说是个体经营者真实的写照："一个人可以被毁灭，但不能被打倒。"个体经营者们靠着自己的勇气和信心，一步一个脚印地走向了成功。三是他们是社会的推动者，是历史的创造者，更是伟大的英雄。

个体经营始创之时，都是弱者，是被人轻视，不被理解在意的底层。有文章说 1978 年中国的改革开放，是"二战"以后人类历史上最为成功的经济改革运动，所有的改革都是从"违法"开始的，这种"违法"是"破"与"立"的关系，那么个体经营就是第一个吃螃蟹的勇敢者。弱者，无需怜悯，最重要的是自己由弱到强大的嬗变，感悟大道，幡然猛醒，自我变强，是他们励精图治努力奋斗的精彩蝶变。"所谓英雄，就是这样一些人，他们在关键时刻做出了自己力所能及的符合人类社会利益的事"。可以说个体经营者，是时代造就出来的平民中的勇敢英雄，是走向繁荣中国的追梦人，是社会进步的推动者，是人类历史的创造者。他们不甘平庸心有向往，不沦于守旧安分，不惧艰险，不循规蹈矩敢闯敢试的大无畏精神，推动着一个新时代的到来。马云第一次参加高考数学只得了一分，经历三次高考才上了大学，然而在改革大潮中，他奋力博弈，创造着互联网的传奇，阿里巴巴成为世界经济舞台上的明星；陈学利，一个农民子弟，从村支书干起，创办医疗器械，由 2.5 万元起家，如今威高集团成为医疗器械行业的领军者，一个小小的民营企业跨入中国五百强；吉利汽车集团掌门人李书福，竟然吃掉了世界汽车行业名牌"沃尔沃"，2010 年 3 月 28 日下午 3 点，在瑞典哥德堡沃尔沃总部，郑重地签字落笔。

他们，是改革开放的先驱者，在新时代的改革大潮中推波助澜，他们在历史中的价值是无法估量的。有文章说，改革开放四十年，需要致敬四类人：农民工、企业家、创业者、地方干部，个体经营者既是企业家也是创业者，是应该受到我们尊敬的！毛主席曾说过，"人民，只有人民，才是创造世界历史的动力。"历史再次雄辩地证明了，人民的力量人民的壮举如此伟大！

艺术手法巧妙，语言生动鲜活，引经据典厚重精准构成了纪实文学的文学个性。

纪实文学的创作，是在真人真事的框架中，采取文学艺术手段完成的。很多纪实文学作品因就事论事，显得苍白而无可读性，《大风歌》的艺术手法，文学语言，故事细节引经据典都近乎完美，从作品中我们可以感受到作者深厚的文学功底。这本书艺术手法巧妙灵活，曲直各异一气呵成，在叙述的时空中，跳跃性大，细节交错，令读者兴味盎然。在有些篇章中，作者还采用"意识流"的手法，令人耳目一新。如第十二章《从中国制造到中国创造》中"夸父新传"一文，一开头就运用了"意识流"的巧妙手法，对主人翁威高集团董事长陈学利的描写恰到好处。文章一开头，用一个梦境般的散文式的描述，让读者在虚幻的实境中读懂了陈学利对事业追求的炽烈激情，以至对主人公肃然起敬。

"文学是语言的艺术"，纪实文学作品的语言尤为重要，且囿于其纪实的特性，对于语言的表达更难以把握。《大风歌》的语言可谓完美，文学原是形象思维的艺术，语言必须形象生动，诸如："在焦虑的侵蚀下，时间开始变质。""这是一次艰难的起飞，因为，当梦想展开双翅时，上面分明悬挂着难以想象的现实重量。""当'计划号'列车仍在旧体制的轨道上隆隆行驶时，出于安全的需要，车上所有的人都必须严格遵守相关纪律，就像被管理者受到管理者的管制一样，管理者自身也没有自由。""当一颗古老灵魂浴火重生时，那一次次阵痛正是伟大分娩时的精神抽离，只有彻底打开时代的心结，我们才能最终走出历史迷宫。"这些语言生动鲜活，寓意深刻，耐人寻味富有哲理，读起来酣畅淋漓。更有文章中大胆引用民间俗语、顺口溜，也是别开生面韵味悠长："党的恩情像太阳，照到哪里哪里亮，党的政策像月亮，初一十五不一样。"作者遣词用句不拘一格，或厚重或精巧，为作品增色不少。《半亩方塘起风波》一章节，文章一开始便用了"半亩方塘一鉴开，天光云影共徘徊，问渠哪得清如许，为有源头活水来"，这首诗的运用可以说别开生面，十分切题。作品中大量引用中外古典名诗名句，恰如其分，寓意深刻，诸如："却看妻子愁何在，漫卷诗书喜欲狂""物无不变，变无不通""假如三万六千日，半是悲哀半是愁"。书中还引用大量古典成语，以及现代诗人的诗，比如顾城著名的诗句"黑夜给了我黑色的眼睛，我却用它来寻找光明"，令人赞叹作者竟有如此深厚的文学功底，才能在创作中引经据典，信手拈来。

《大风歌》作者唐明华先生，在创作时付出了辛勤的汗水和心血，采访足迹遍及北京、浙江、广东和山东诸市。作者千方百计与已经移居美国的高德良（百味杂陈太爷鸡），移居日本的姜维（姜维和他的书社）以及"傻子"年广久、八大三之一的石锦宽等建立联系，并进行深入的电话采访。在此基础上，作者又借助报刊书籍、网络等各种途径补充完善了大量资料，我们可以感受到唐明华先生身上的创作激情，催促着他去完成中国民营经济四十年创作的历史使命，有一种执着守望的精神，支撑着他用严谨细致的创作作风和细腻的情感，去完成自己的责任担当。唐明华先生是一个时代高歌者，也是一名充满正能量活力盎然的文艺工作者。

《大风歌》是同类作品中的精品，它透着一股清新，令人心动折服，让人陶醉，无论是纪实框架、谋篇布局、艺术手法、语言艺术、故事叙述都堪称完美。《大风歌》是一部难得的艺术佳作，具有极高的艺术价值，它还是一部民营经济四十年的历史文卷，其史料价值也是难得。在未来，时间会证明《大风歌》有着重要的历史价值和地位。

作者：唐明华
出版：山东人民出版社
出版日期：2018 年 11 月

李富胜，1954 年 10 月生，山东威海人，大学汉语言文学专业。中国作家协会会员、中国音乐家协会会员、山东大学特聘教授、威高集团特聘文化顾问、威海中华文化促进会常务副主席、威海市作家协会名誉主席。被中央文明委、人事部评为全国精神文明先进工作者，享受省部级劳模待遇。

先后发表各类文学作品三百余万字，主要作品有长篇小说《天边有个威海卫》，文学及理论专辑《砂粒集》《天边那片海湾》《李富胜作品集》《我的文化密码》《探索之旅》《我的文化情怀》《我的民生情怀》《文化的力量》等，诗集《诗韵拾趣》《诗文小札》（散文、古体诗、新诗）；电视剧《天边有个威海卫》获第18届中国电视金鹰奖、第20届全国电视剧飞天奖；广播剧《为了孩子》《那片蓝蓝的海湾》获山东省五个一精品工程奖；创作歌曲20余首，其中《领航中国》《你和人民在一起》获泰山文艺奖；与曲波共同创作的《领航中国》入选国庆60周年演奏曲目和唯一领唱歌曲，大型交响史诗《甲午祭》获泰山文艺特别奖，创作威海市建市30周年专场交响合唱音乐会《扬帆逐梦》。

肖

遥

○

苦辣酸甜诗作伴，敢用沧海续己篇

——读苏军诗集《用沧海》有感

忙了一年，同事们都陆续回家过年了，我如往年一样继续坚守阵地。在这个温暖如春的冬日午后，我独自一个人在偌大的办公区喝茶听音乐，无聊至极之时，诗人苏军兄携新出炉的诗集《用沧海》来访，老友相见一扫近几日的孤寂。我赶忙新换一壶好茶与苏军对饮、狂聊。诗友相见多谈论文学和诗歌，茶香、诗意、人世沧桑被一壶茶水诠释，如一条《河流缓缓向西》"流淌在一个浩浩荡荡的国度中／流淌在一个人的世界里／流淌在一个人的旅途里／／一个鱼缸里／水舀自故乡的那条河里／草和石子挖自老家的那条河里／／另一个鱼缸里／我游来游去"。苏军对故乡的眷恋和对新的家园遥过一条河流，把两个相隔千里的家紧紧相连、紧紧拥抱。身体和灵魂，怎样割舍？如此安放！我读到这里已经眼含热泪，每个人都是宇宙的过客，时光隧道如陆地上的河流，溜走不返。

与苏军相识于 2002 年，这一晃近二十载。那时我们正青春，诗人兆民经常邀请当时活跃在威海诗坛上的阿华、肖遥子、史怀宝、冰岩、强子、苏军等一批青年诗人聚会谈论诗歌，我是最小的兄弟，苏军亦是我的兄长。从外表看苏军是典型的沂蒙山汉子，强壮的身躯，憨厚的面孔，大大的眼睛，走起路来带着山东汉子特有的倔强，从外表看他一点不像个诗人，俨然一位工程师。如今，诗人苏军马上就到了知命之年。年逾半百的他把前半生的诗歌系统梳理并结集出版，实属一位文学工作者（苏军现任《环翠文艺》执行主编）一件终身大事。苏军呷了一口茶笑着说："这也是我为自己五十岁生日准备的一份礼物。"此等大事好事，作为老朋友的我亦感兴奋，在认真拜读的同时写一点文字以示祝贺。

诗集《用沧海》共收录苏军 174 首佳作，分为六辑：第一辑，用沧海开出幸福花；第二辑，梦的手指拈不动一套工艺的科学；第三辑，尘世大巷的掘进；第四辑，我用漂泊划着故乡的半径；第五辑，看破的云彩拽住的电；第六辑，捕风捉影觅花踪。这六辑诠释了苏军半生漂泊，半世情缘，亲情与乡愁，事业与爱情，人生感悟与哲学思辨。这些主题在各辑里皆可窥见，诗歌是作者对外的媒介，作者的内心体悟通过诗歌这种文学题材传递出去，亦可以说是诗人灵感输出的一个工具。譬如，开篇《礁石在创作》一诗中写道："北坡的礁石，大小不同/纹理横竖各异，脾气也不一样/高高低低，错落有致//像一个蓝色的字根/组着新颖的时代词句/像一个跳动的音符/谱着醉了海鸥的歌/像一幅八阵图，沦陷了鲲鹏/像一个键盘，弹一曲江湖万重浪/像创作力旺盛的诗人/歌大风，卷千堆雪/壮丽历史的天空，大海的诗篇"。读罢此诗，我仿佛就在波涛汹涌的大海边，一种画面感和内心生出的力量扑面而来、势不可挡。诗人明写礁石，实则表达诗人内心对大海的敬畏和崇拜，用沧海书写属于自己壮丽的诗篇，豪迈之情溢于言表，使读者融入涛涛浪花之中随大风驰骋天涯。《我一直拒绝大海的追踪》第九节"小时候打水漂/打得好的水花一溜烟开往远处/我总是捡大块的石头/常常连同自己一起抛了出去//一个跟头/又一个跟头/有的成为往事的暗礁/有的成了孤独一生的岛"。诗人在拒绝中成长，在成长中不断地抛弃自己，如同抛出的石头，那些往事最后成为暗礁也好，成为孤独的岛也罢，它都曾经在人生海海中绽放涟漪，那个曾经的少年在经历世事沧桑之后，终将与自己和解。通过这两首诗可以看到苏军的精神世界是宏观的，也是微观的，宏观时如大海一样浩渺无垠，微观时一粒沙也可以包容大海。"它是慈祥的//像母亲的手/隔着八百里路轻轻抚摸"（《我一直拒绝大海的追踪》第三节），微观与宏观被苏军拿捏得恰到好处，也是他诗歌写作的一个特点，这种写作风格在我见过的诗人中为数不多。

苏军以打工仔身份从沂蒙山区一路向东，最终落脚黄海之滨的小城威海。通过近十年的打拼，在故乡的另一端成家立业，他在工作中的点滴都入诗记载，在枯燥的工作中寻找生命的价值。如《工作灯》"相貌和普通的照明灯一样/隐也罢逃也罢/它的光芒很弱很弱/仅能照亮一个人的工作台/这已使我很满足了/因为它使我想起/那辆破客车的两盏灯/为远行的人拱开一条简单的路"。心灯长明，前行的路就简单了。诗人为了心中的梦，哪怕搭乘一辆破旧的客车又何妨，有两盏灯开路，生活和工作都是明亮的、温暖的。诗人为了生计也有无奈的一面，如《一枚钉子》"家徒四壁的白墙下/一个人仰望一枚钉子/就是在仰望自己/仰望一棵悬崖上的树"。写尽了诗人作为一名普通工人的不易，自己与自己对话，调侃自己，自娱自乐。"对于一个外出打工的人来说/已是空手入了白刃/打下了一方家园/一个铁打的汉子/已是成功地捻作一枚钉子/把自己唱成一支绕指的歌"。看到这首诗我感悟颇深，同为外乡人的我也曾经有过几年食不果腹、衣不遮体的贫困岁月，那时的我们可不就是一枚孤苦伶仃的钉子吗？

"这么冷的冬天/苏军时常满头大汗/他热啊/热得不行啦//满头黑发//比煤炭还黑的头发/被汗水蒸白了/冒着热气/看样子非要把这个冬天蒸熟//雪还没来得及下/春天要来了/带着二妹妹/和一首有关秦腔的诗//城市淹没在黄土高原的歌声里/乌云盖顶//一杯高粱酒染红了沂蒙山男人的血液/大海向东方退了一步/苏军站在原地一动不动/一双大眼睛凝视着大海//他双手掐腰/大喊三声：热滴（得）额（我）不行行……"（《夜入三亚》）这首诗是 2019 年 12 月中旬一个寒冷的晚上和苏军一次酒宴上，我根据微醺中的苏军清唱了陕北民歌《圪梁梁》时的情景写下了这首诗。诗人是浪漫的，而现实生活中的苏军，不得不为了生计再次远离亲人，只身前往山西煤矿，到地下几百米的地方讨生活。这期间是诗人诗歌创作的高产期，也是诗人诗歌创作走向成熟的时期，诗人渴望阳光感悟生命。《在三百米下掘进》"什么样的路总要走下去的/一生的坚韧披荆斩棘/浓缩成八小时在三百米深的煤巷里掘进/一天就是一个轮回"。诗人在《暗香》中用了类似于神的语言，他这样写道"火，一种看得见的暗香/人类文明的钥匙，从形而上//煤，一个默默的修行者/汪着的固体意义，向死而生/燃烧，揭示生命的体温//对浑身是火的煤来说/黑夜，只是光明的一件衣裳"。在我看来这首诗的每一句都是神来之笔，这也是我看到关于写煤炭的诗歌中最好的一首诗。这是诗人多年来和煤炭打交道的结晶，他把自己和煤炭已经融为一体，红黑之间不分你我，黑，是本色；红，即是肉身的升华。

随着二十世纪八十年代的改革开放，大多数"70后"都离开家乡外出闯荡。对故土的怀念是"70后"人的普遍情感。苏军把大多数"70后"人的思乡情感用自己特有的诗歌形式释放出来。第四辑里《主人，客人》《蹲下小麦，站起的高粱》《父亲的烧水壶》《搂柴火的女子》《我像一个丢了东西的孩子》《我用漂泊划着故乡的半径》《外面的世界很精彩》等诗篇，无不透射着诗人对故乡的山山水水、亲人老友真挚的怀恋。如《在梦里，我身轻如燕》"梦有两端：一端大海，一端故园/一端醉，一端醒/一端怀念，一端黎明/此生恰若，半醉半醒之间/我等到了妹子丢下的花手绢/抓到了青春抛来的红绣球/像竞技场上的获胜者/一边挥着衣衫/一边把人生的舞台一圈一圈地转……"以小见大，苏军的诗歌战略与一张煎饼融通四海，"一张饼沿着顺时针的方向一圈圈摊开来/祖国、世界有多大，煎饼就有多大"（《摊煎饼，需要战略的高度》），煎饼养大的汉子怀揣一个国家，类似于这种句子在诗集中时常出现。苏军能从"看破的云彩里拽住电"，在闪电里看见春天的样子。他的诗歌语言即朴实无华又极具跳跃性，很难用固有的鉴赏习惯来品评。《苍蝇》不易入诗，我认真读了三遍这首写苍蝇的诗后，不禁拍案叫绝。暗喻的运用炉火纯青，最后一段"以物证和在场的表象做判决/影响传染了很多法则思想和许多精神/可惜/我这点认为不能改变你什么/但从你的遭遇里/我看出一些引以为戒的东西"。诗歌创作来源于对生活细节的观察和对生活的热爱。写作的目的是为了让生命更有价值，让生活更加美好，不消极、不抱怨。"我亲爱的榆儿桃儿槐儿杏儿/春天来了/能发就郁郁葱葱地绿吧/能红就风风光光地开吧/有

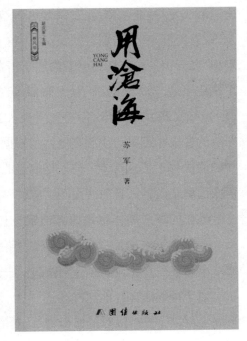

作者：苏军
出版：团结出版社
出版日期：2021年1月

果就满枝满树地结吧／不用管折枝赏花的人里有没有我／不用管收获珍藏的人里有没有我／更不用管享受和幸福的人里有没有我／只要你还记得一件事就可以／无论沧海桑田，无论天涯海角／无论朝朝暮暮，无论聚散难凭／我是你指定的今生今世的葬花人"（《花开的时候我不在》），一种无私的爱，一个简单而不平凡的葬花人——苏军先生，以奉献的精神书写属于自己的人生海！

肖遥，原名肖全兴，1976 年 12 月生于山东牡丹之乡菏泽，现居威海。威海肖氏兄弟保健食品股份有限公司董事长，诗人。山东省青年作家协会会员、中国诗歌学会会员、威海市环翠区作协副主席。出版诗集《肖遥的诗》《爱无止境》《在路上》，散文集《行走》等多部诗文集。

岛
子
○

由吝啬鬼严大育想到的

前段时间通读了一遍吴敬梓的小说《儒林外史》，感触颇多。这部小说很有名，小时候课本里学过其中的一个章节，这个章节的主人翁是严监生，描写的是其临死前伸着两根手指迟迟不肯咽气，直到其妻将燃着的两根灯芯灭了一根，他才安心离去。很佩服吴老先生，着墨不多，却使一个吝啬鬼的形象跃然纸上。依靠小学课本的普及传播，严监生的大名几乎家喻户晓了，甚至可以与国际级的吝啬高手葛朗台、夏洛克等齐名了。

然而，这位被钉在吝啬鬼的耻辱柱上的名叫严大育，又叫严致和的严监生真的是个吝啬鬼吗？他吝啬吗？我觉得关于严监生是个吝啬鬼的观点是值得商榷的。我无意于为严监生正名，为他喊冤叫屈、伸张正义，我只是实事求是地说说我的看法。

吴老先生写的书里人物众多，一个接一个，这个唱罢那个登场，煞是热闹。看到最后，才发现，这些人物，都是万历皇帝有一天心血来潮，觉得当朝没有人才，思贤若渴，让官员遍访天下奇人而追封旌表的一些已故的文人名士、社会贤达，也有武将侠客，甚至有和尚道士、平民百姓。简直是人间的封神榜。

在这些走马灯似出场的人物里，严监生是被他的哥哥严贡生牵带出来的。严贡生则是在请那个著名的中举后犯了失心疯病的范进吃了一顿饭后粉墨登场的。

这个名叫严大位的严贡生可不是个好人，要评他是个吝啬鬼，我是举双手赞成，不信你看看他干的那些破事吧：扣人家猪关家里据为己有，人家打了借条没拿钱却逼着还利钱，坐船不给船钱还想讹人家一笔。他干的哪件事都上不了台面，都是让人戳脊梁骨的事。前两码事，苦主到县衙把严贡生给告了，结果严贡生吓跑了，一走了之，留下的烂摊子还是他弟弟严监生给收拾的，赔给人家好多钱把事情给了了。第三码事严监生想管也管不了了，那时候他已经举着著名的两根手指头死掉了。

严监生的确不舍得吃不舍得喝，可他送给他家大舅哥银子动辄几百两，眼皮都不眨，他哥跟人打官司，他出钱出力给摆平。这能是吝啬鬼吗？简直是乐善好施的呼保义宋江啊。他对生活的苛刻要求与其说是吝啬不如说是节俭，是品质上的美德，而不是瑕疵。

至于他被人耻笑的临死前要灭熄灭一根灯芯的举动，伸着的手指间饱含了身后对于弱妻幼子的无尽担忧，其间的悲凉无助谁人懂得。事实也是如此，在他死后，他的胞兄一点不顾念兄弟情分，卑鄙无耻地侵夺他的家产。由此可见严监生的远见卓识和忧患意识。

我们都耻笑着严监生的吝啬，却没人谴责严贡生的卑劣。就连万历皇帝表彰的贤达名单里，严贡生也榜上有名，却没严监生什么事。真是卑鄙是卑鄙者的通行证，高尚是高尚者的墓志铭了。公道在哪里？天理在哪里？

书籍上的文章，白纸黑字，不能篡改，可是如果断章取义，最后也能失去本来的面目，让真相迷失。由此想到口口相传的谣言，在人嘴和人心的一次次的加工

儒林外史

[清] 吴敬梓 著

作者：吴敬梓

出版：天津人民出版社

出版日期：2016 年 9 月

里，真相不断走样，到了最后早就面目全非了，恐怕连真相他妈也认不出来他了。人的话就更不可信了。

不说书上的人物，就是现实生活中的人，谁又能分出个优劣好坏来，每个人都是个六面体八面体，甚至几百几千面体，相识的人只能看到他其中的几个面，即使侥幸看全面了，可不同时期他又呈现不同的面目，所以很难客观公正地全面了解一个人。周公恐惧流言日，王莽谦恭未篡时。向使当初身便死，一生真伪复谁知？

所以，真替严监生感到冤枉，他的吝啬名声真是众口铄金，积毁销骨了。唉，他吝啬不吝啬的，与他人何干，都是吃饱了撑的乱嚼舌头而已。

岛子，原名刘海峰，1972 年出生，山东威海人。职业警察，业余作家。系山东省作家协会会员，山东省作家协会对外联络委员会委员，威海市作家协会副主席。有小说散见《啄木鸟》《时代文学》《山东文学》《延河》《芳草》《青岛文学》等文学刊物。作品曾多次获威海文学艺术奖。2008 年出版文集《斗战胜佛的困惑》。

辛明路

○

用阅读创造价值

——读时述国《用新闻创造价值》

我时常思考用阅读创造价值的问题，但自己却说不出个道道来，仍在"众里寻他千百度"。当读了威海日报社原总编辑时述国先生的书《用新闻创造价值》之后，才"蓦然回首，那人却在灯火阑珊处"。用新闻创造价值，也正是阅读所产生的价值。

《用新闻创造价值》的主旨是在某求推动单位的文化建设快速发展，并以作者熟悉的传媒业为例子，对单位文化作出精确阐述。大家都知道，文化包括物质方面，生产生活资料、科学技术等；包括精神方面，思想意识、艺术风俗等；包括制度方面，社会体制、法律规定等。所以说，单位文化不是单个文化，而是涵盖工作、生活方方面面的综合文化，决定着单位的发展方向、发展质量和发展速度。

用新闻创造价值是把理想变为现实，把精神变为财富的切入点。《用新闻创造价值》对创造的表述，既宏观条理、高屋建瓴，又微观具体、便于操作。形成了这样的核心文化理念，标志着作者引领单位文化建设获得了很大成功。作者在《用新闻创造价值靠创新谋求发展》《用新闻创造价值要敢为人先》《用新闻创造价值与大局无缝衔接》《用新闻创造价值打造负责任媒体》等文章中，把核心文化理念阐述得清清楚楚、明明白白，给人指明学习目标、工作方向，使读者读后思想迅速提升、能力迅速提高，这就是阅读产生出来的创造力。《用新闻创造价值》不光对媒体单位及新闻工作者有启迪意义，对其他行业及从事其他工作的人也有指导作用。

一是人人都在受益于新闻。我们常说，现在是信息时代、知识经济时代。新闻堪称最新信息，最早触摸时代脉搏，最先宣喻世态状况；新闻是社会知识、时事知识重要的生发点。所以说，新闻对我们的现实精神价值、现实经济价值是很大的。信息即财富、知识即财富，这道理大家都明白。同时，新闻的文化积淀增蕴作用、存史育人作用都是很大的，真正是功在当代，利泽后人。

二是为其他行业的企业文化建设提供了借鉴。作者在书中使用"与大局无缝衔接""愿报社基业长青"等语句最多，看得出，作者时时刻刻在抓构建单位外部和谐与内部和谐。作者提出的"发展社会主义市场经济的参与者、发展社会主义民主政治的助推者、发展社会主义先进文化的领跑者、构建社会主义和谐社会的先行者"的全新媒体角色定位理论，促进了威海报业的大发展。因而威海报业的文化建设已达到了很高层次，单位的核心文化理念得到巩固与发展。也就是说，威海报业已形成了自己的文化特征，而且把这特征提炼得精练易记，便于在社会上传扬，便于在内部里实施。一支队伍要有醒目的旗帜，一齐用力要有响亮的口号。一提"真诚到永远"，都会想到海尔集团；一提"用新闻创造价值"，都会想到威海报业。隔行不隔理儿，时总编辑的著作，也为其他行业的文化建设提供了宝贵经验。

单位要为社会负责，个人要为单位负责，这一点永久不会变。一群有信仰、有热情、能吃苦、能奉献的人汇聚在一起，才能干事胜事、管事成事。从书中好多文章可以看出，作者为这核心文化理念的形成，做了大量的前期思考；他的同事为实践这核心理念，做了大量有益工作。作者提出了"四个必须具备"：干事业必须具备天时、地利、人和、己和；又提出了"八个不等于"：职务不等于水平、资历不等于贡献、荣誉不等于成绩、知识不等于智慧、自信不等于他信、聪明不等于能力、动机不等于效果、语言不等于行动，给人深刻的启迪，堪称单位文化建设的经典之作。作者同时提出了就地取材、岗位成才、人人都能成才、人人必须成才的观念，真乃大家风范，贤明之道，感召人，凝聚人。

《用新闻创造价值》所收文章，时序以编年为纲，谋篇以理念为线，文字以阐述为用，主旨以工作为要。文路清晰、语言鲜活、娓娓道来、情达理透。我们从中了解了威海报业的前进足迹，这是一部威海报业的思想史、发展史。以思想史为例，单位文化建设中的精神风貌、宗旨意识、经营理念、人生观、世界观、价值观、社会公德观、职业道德观等，无不在作者的辛勤培植中。为了单位的文化建设，作者倾尽了全部的心血。文化建设所有的功能：凝聚功能、协调功能、激励功能、振兴功能、宣传功能、教育功能、导向功能、默化功能，在《用新闻创造价值》一书里全部体现到了。

作者在《我的快乐观》一文中说："快乐需要创造，快乐需要把握"；"信念使人清醒，信念让人乐观"；"奉献比索取快乐，施予比接受快乐"；"真正做到与天地合，与社会合，与自身合"；"真正的自由只能是将各种社会责任、社会约束内化为自觉行动的自由，是用真理性认识指导行动的自由，是随心所欲不逾规矩的自由"；"智慧的思维方式，应该是主体与客体的统一，是知与行的统一，是灵与肉的统一，是坚守与开放的统一，是吸纳与扬弃的统一，是变与不变的统一，是入世、顺世、超世的统一"。我们用作者的快乐观来做快乐的阅读，会越读越快乐、越读越博学、越读越强大，创造能力会在阅读中迅速增强。豁达来自境界，境界决定层次，层次决定做事。把目标转化为意识、把创新转化为习惯、把勤奋转化为本色、把付出转化为慰藉、把工作转化为欢愉、最终把小我转化为大我，才能品悟出用阅读创造价值的快乐。这是一种高尚者的快乐，具有这样快乐观的人，才能创造出奇迹。

心存美好，快乐阅读，用阅读创造价值，这是我阅读《用新闻创造价值》的最大收获。

作者：时述国
出版：人民日报出版社
出版日期：2007 年 6 月

辛明路，1951 年 4 月生，山东省乳山市人。乳山母爱文化研究会会长，中国民俗学会会员。著有《乳山民俗》《大乳山下》等书。

宋明磊

○

和一本诗集的偶遇

完全出于无心，那日我在海阳所那边有公务，因和老板相熟已久，彼此就少了客套。稍有闲暇，便打量起他那豪华书橱来，这是我的一个习惯，走哪儿爱看人家书柜，自己也知道这毛病不好，颇有些窥探和觊觎的意思，可改不了。

还是那些四书五经，资治通鉴，二十四史之类，满满当当地充塞其中。雅则雅矣，可在我眼中，实不过是些普通填充物而已。无甚价值可言。

可就在我有些落寞和失望的时候，一本书突然映入我的眼帘，不，不是一本，是一摞，同样的书，大抵有十余本吧，整整齐齐地码在书柜不起眼的角落里。书是新书，不厚，压膜精装，书名也不俗，《凡·高的向日葵开了》。

居然是本诗集。有多久我没买过或者读过诗集了？不知道，实不可考了。因为年纪的原因，我离诗歌越来越远，而诗歌也慢慢不待见我了。擦肩而过。

朋友说这是烟台一个画家送他的，好几本。如果喜欢，尽可拿去。大喜，连忙道谢。书很精致，设计也不俗，到底是画家出身，颇有艺术风范。

说实在话，我以前也曾经收到一些书，但确实印象不是太好，里面什么都有，只是为了出书而出书，除了四处赠送以外，最终结局大都是横七竖八地躺在书摊上，最后还得是自己灰溜溜的搬回家（断不可给回收书报的人，因为这些书可是花了大价钱的）。所以想当然，以为这本也同样。

可是不，一打开扉页，我就像被什么东西一下击中了一样，感觉真的不同，我看的那些书，在作者简介里，总是不厌其烦地罗列一些过去，好像成绩如何斐然，就跟要获诺贝尔文学奖的架势一样（写至此，忽然有些汗颜，在即将出版的威海文艺杂志，我不也是这样做的简介吗?）可这本书没有，只写：庄永春笔名老庄，山东烟台人，中国海洋抒情诗人，国画家。

我想如果有一天我出书的话，我还是做不来他这样超脱。

更绝的是他的序。别人作序，大抵分几种，一是找文坛成名人物给做，一般都是说这小子才华横溢，为文坛后起之秀，文章如何新锐，如何有先锋意识云云，其实都是作者自己写的，老人家看没看还不知道呢。还有一种是找领导写，当然代笔的还是自己，这样的好处是可以给领导扬名。

庄永春的序是两首小诗：

序

吻

走海的人

不说没滋味的话

你的唇

是我的码头

又序

相思

画你的眼睛

读我

想你

叫心活着

我真的被震撼到了，简短的几句，却一下子击中内心。如今号称作家诗人的车载斗量，农村说话叫摸泥一样，可特立独行如庄永春，不多见。

而且里面的诗歌清新旖旎，你找不到那些无病呻吟的东西。我看出作者特别推崇孔孚先生，而他恰恰亦是我所崇敬的。孔先生老家曲阜，我在曲阜读书时，先生曾去我们学校讲过诗歌，很有印象。他是短句的提倡者和发轫者。

得到一本好书一般都得经过千挑万选，沙里淘金，而如此偶遇，实在一件美事。

后来百度搜索了下，庄永春，著名诗人，而且还是中国画荷圣手。

我懂得了做人要低调，要谦虚。

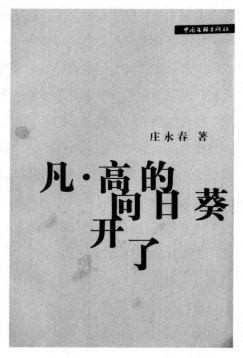

作者：庄永春
出版：中国文联出版社
出版日期：2003 年 5 月

宋明磊，1969 年 1 月生。山东省作家协会会员，乳山市作家协会主席。作品散见于《安徽文学》《北方文学》《江汉文学》《胶东文学》等省、市级刊物，有作品被《小小说选刊》《最美文》《中国微型小说百年经典》等选刊（本）选载。著有小说集《人生一种》。

宋修虹

○

人间自有草木香

《人间草木》是从汪曾祺先生创作的大量散文中精选成集。按内容分"人间草木""四方食事""文章杂事"等七集。其中写了花花草草、各地风物、家乡美食等。

贾平凹曾言：汪是一文狐，修炼成老精。也有人说：汪老先生的语言很怪，拆开来看没什么，放在一起则字字珠玑，句句灼灼。在谈及语言的运用，他有一段很精辟的总结："文学语言不是像砌墙一样，一块一块的砖叠在一起，而是像树一样，长在一起的，枝干之间，汁液流转，一枝动，百枝摇。"因此，他的散文有着"汁液流转"的灵动，很适合轻轻地翻，闲闲地看，让人在似看非看之际，就会发现俗言美句，蓦然亮了你的眼，动了你的心，牵了你的魂。

他的语言，随性通俗，尽显平淡之趣，质朴之雅，总能给读者创造极其广阔的联想和玩味空间。譬如《夏天》里的一段："栀子花粗粗大大，又香得掸都掸不开，于是为文雅人不取，以为品格不高。栀子花说：'去你妈的，我就是要这样香，香得痛痛快快，你们他妈的管得着吗！'"每每读到这里，总会心赞不已，会心一笑。相信所有读过这本书的人，都见识到了老先生笔下的栀子花，不但香得泼辣，香得霸气，香得肆无忌惮，而且更有了自己独特的气质和傲骨。

老先生借栀子花之香口，痛痛快快地说了几句村言俗语，那清澈见底、趣味盎然的率真童心，就在这不事雕琢的直言中尽现，让人过目难忘。反复玩味，又觉得只有这"扑鼻子香"的肥白栀子花，才能说出这样又脆、又爽的话来。不信，放在瘦弱、忧郁的丁香花身上试试。这寻常语里尽显风味，淡处蕴涵着深滋味，唯大家之所能。

他"逸笔草草，不求形似"，很擅长"速写"人事物景，寥寥几笔，就勾勒了其神韵。如写鸡冠花："我在家乡县招待所见一大丛鸡冠花，高过人头，花大如扫地笤帚，颜色深的吓人一跳。"这文字像从一种境界中羽化而出的，炉火纯青，朴实洁净，极具张力。

"草木有本心，何求美人折。"对这句唐诗的理解和体会，汪老先生恐怕是最深切的。他说苹果花才像雪。雪是厚重的，不是透明的。而梨花的瓣子是月亮做的。他疼惜"桂花美阴，叶坚厚，入冬不凋"；带着雨珠的缅桂花使他的心软软的；他念念不忘家里靠墙处的两三棵秋海棠，花色苍白，样子可怜。所以每看到秋海棠，就总要想起他的母亲；写蜡梅花，想起小时候上树帮姐姐们折花，还穿成各式各样的蜡梅珠花，用自己的创意在珠花中嵌几粒天竺果，那真是好看，很得意地送人插戴。他一直怀念着昆明的木香花。一棵木香，爬在架上，把院子遮得严严的。密匝匝的细碎的绿叶，数不清的半开的白花和饱涨的花骨朵，都被雨水淋得湿透了。四十年后，他还忘不了那天的情味。让读者真切感受到了那大美无声的静寂之美……所以欧阳修的"草木无情"说，汪先生肯定不会认可的吧。"如果你来访我，我不在，请和我门外的花坐一会儿，它们很温暖，我注视它们很多很多日子了。"你看，他完完全全地把花草当做了另一个自己，另一位知己！

汪老说自己"是生长在水边的人，一个平常的、平和的人……安于竹篱茅舍、小桥流水的人。"水，滋润了他的人生哲学——"随遇而安"。这恬淡随性，平心静气、少谈感伤和痛苦的品性，或许还与他师从沈从文先生有关。因为沈从文先生就是一位"心地明净"的人，"总是用一种善意的、含情的微笑，来看这个世界的一切"，所以才创作了诗化般的小说《边城》，那至纯至善的人性美，曾打动了无数的读者。沈先生当年被下放劳动改造时，拿惯笔的手，整天挥动着大笤帚忙着扫马路，但是他却豁达从容地扬起扫帚，指着池塘水中央，对前来看望他的人说："看呀，荷花开了，真美！"

　　汪曾祺先生在被定为右派下放劳动的逆境里，也如他的老师一样心境平和，自得起乐。他说："人不管走到哪一步，总得找点乐子，想一点办法，老是愁眉苦脸的，干嘛呢！"因此虽然他一生经历了无数的苦难和挫折，受到各种不公正待遇，但人间草木、人间烟火，在他看来依然"都是很好玩儿的"。重复平淡的生活小事，也能构成行云流水的画面。那些久远的、琐碎的记忆，有色彩、有声音、有味道，有快乐，有忧愁，即使"凄凄凉凉的"，也"凄凉得那么甜美"。如水随形的看似不抗争性格，让他以柔克刚，逢凶化吉。他认为在沧源马铃薯研究站画图是"神仙过的日子"。画完一个整薯，还要好奇的切开来画一个剖面，画完了，"薯块就再无用处，就随手埋进牛粪火里，烤烤，吃掉。"这就是他的过人之处——把痛苦看淡，把幸福看重，平静，旷达，积极，向上。

　　"人生如梦，我投入的却是真情。世界先爱了我，我不能不爱它，只记花开不记人。"这是我读《人间草木》时，记忆最深刻的一句话。正如他在书中说：人活在这世上，不可以太倔强，一方面需要认真，一方面只需无所谓。人生困难之时，学会看淡，人生如梦，一晃就过；生活平淡，学会认真，人生如梦，投入的却是真情。

　　世间万物皆有情，难得最是心从容。他曾说："人，是美的，有诗意的。你很辛苦了，很累了，那么坐下来歇一会，喝一杯不凉不烫的清茶，读一点我的作品。我没有那么多失落感、孤独感、荒谬感、绝望感。"这"不凉不烫"的清茶，让人意犹未尽。

　　"君若亦欢喜，携归尽一樽"，这是

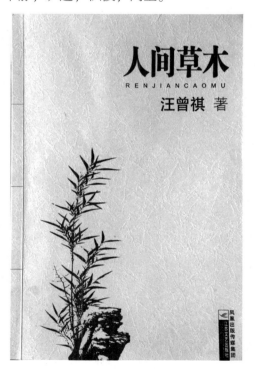

作者：汪曾祺
出版：江苏文艺出版社
出版日期：2018 年 5 月

老先生的自我评价。他的散文，确是亦茶，亦酒，我们尽可边读，边品，风雨不歇，心花不落。

宋修虹，女，1963 年 7 月生，山东省乳山市人。乳山市实验中学高级教师，山东省中学语文骨干教师，乳山市作家协会副主席。随笔散见于《人民日报》《读者》《意林》等几百家报刊，由光明日报社出版散文集《小溪清歌，潜唱流年》。

宋

湛

○

打开一部心灵史

——读张伟东诗集《光阴带电》

从 2020 年年初至今，有幸梳理编辑张伟东先生的诗集《光阴带电》，前后陆续读了几遍。越读，越触摸到他心灵的电光石火。

沉甸甸的三百多首诗，是伟东采集岁月芬芳酿出的成果。以前只知道他古体诗写得打动人心，但不知其何以然。如今系统读来，除了感情真挚、立意新颖、表述形象外，还读出了他元气充沛的诗意热情。读他的诗，就是打开了一部心灵史！

"内心总觉得有话要说，不说出来便是坐立不安。"正是这种"有话要说"，作者一首首诗脱颖而出，完成了他精神世界一次又一次的自我蜕变升华。

当今社会，物质文明发达，但是人们的灵魂跟不上来，有时候难免迷惘焦虑，这就需要诗意的滋润和抚慰，说穿了，也就是心灵的保健按摩。

诗意是一种悲悯情怀，是一种善良心地，是一种仰望星空的高傲澄澈，也是一种躬身泥土的卑微自省。

一个人，不管他平凡还是伟大，要给周围的人留下温暖，留下美好的念想，这就是诗意。我们可以把诗意理解为乐意、善意、暖意。

诗意是唤醒沉睡的灵魂，避免我们机械打发时间，成为行尸走肉的精神自觉。我一直以为，青春与年龄无关，一个人也许才 30 岁，但如果他整天沉迷于网络游戏或者其他无聊事项，对生活麻木不仁，缺少热情，其实灵魂已经死亡，不过是等待掩埋而已；相反，一个人，哪怕 80 岁了，但他仍然热爱生活朝气蓬勃，这样的人，青春并没有消失。

所以，我们一定要给自己找一颗星星，放置于心灵的天空，照耀我们穿越迷惘，穿越苍茫时间，放射出自己应有的光芒。多年前我曾经写过一句话：百代光阴弹指过，要留温暖在人间！

伟东的《光阴带电》恰恰就是诗意的光明和温暖。下面，我从一名专业编辑的角度，谈谈对伟东诗歌几点浅显的认识：

1. 接地气、有泥土的气息，人人能读懂。

诗歌不能高大上，诗人不能不食人间烟火。作者写的都是自己熟悉的人和事，诗里很少使用生僻的词，也不刻意用典，所以非常亲切。

五女夏游

五女飘逸兼风流，招来山景绿油油。
暑热不敌玩兴大，此处别过它处游。

我们可以说，这样的诗歌就是一朵小花，或者是一棵小草，她摇曳在岁月长河里，让人看了心里一动，眼睛一亮，产生心灵的共鸣。

2. 真实自然、没有矫揉造作的掩饰，都是切身感受。

有的人写诗属于无病呻吟，不敢写内心，感情打了折，顾左右而言他，写出的诗歌仿佛注水肉，缺滋少味。而伟东的写作，纯粹是为了记录自己的心情和当时的感受。

洗去尘垢又征程，春风代我谢多情。
诗意引入惬意境，随兴吟哦唱心灵！

好一个"随兴吟哦"！这首标题叫《征程》的诗，就是自自然然写，明明白白说的典范。

3. 关注生活，直面人生。

伟东阅历丰富，做过农民，经过商，几十年人生，冷眼热心，沉淀了大智慧。

伟东又是一个眼里揉不得沙子的人，正直正义，情系苍生热土。他用心用情写父老乡亲的昨天今天，许多诗歌读着让人泪下。

> 烈日炎炎寻故人，多年不见感情存。
> 分别二十四年梦，见面不识倍伤心。
> 岁月蹉跎人已老，白发凌乱皱纹深。
> 步履蹒跚衣不整，语言错乱留病根。
> ……

这首叫《老媪》的长诗，是伟东写实的力作，读着这样的诗，让人触摸到生命的无奈和疼痛。

还有《旧村老屋》《李二黑揽工》等诗，无不是将真情关注凝聚笔端，让人联想到白居易的《卖炭翁》。

4. 有趣、好玩，不是装模作样，更不是故作高深。

有的人把诗歌写成深奥难解的谜语，现在人们的生活节奏这么快，没有谁有耐心想破解！另外，好的诗歌不能板着脸，不能说教，不能居高临下，因为现在好玩有趣的东西太多，谁还读你高高在上的诗歌？好诗应该是阳光明媚的，读完了以后，让人会心一笑。

彩　虹
> 春树底下躲雨来，稀疏雨点落尘埃。
> 闲云疾走追落日，一抹彩虹斜铺开。

生动活泼，这样的诗读起来是不是很愉快？

5. 真情流露。

《光阴带电》与其说是一部诗集，不如说是一部情与义、爱和爱的写真集。

几十年人生路上，伟东与人为善，满腔热忱地爱亲人爱朋友。由于他的人格魅力，和许多朋友都结下了深厚的友谊。

血浓于水，多年的朋友成兄弟，许多人都成了后天亲人，成了走进生命的人。伟东非常重视这份情谊，诗言志，他的诗有很多都是写给亲人、老朋友的。

和大象自嘲

南下杭州不寂寥，暖风伴兄诗涌潮。

大将胜败寻常事，垓下一战清史标。

英雄受挫增勇气，复拉强弓射大雕。

驱除阴霾见红日，阳光无限在今朝。

这是作者写给其胞兄温和的大象的，三百多首诗里，有近二十首是为大象写的，足见兄弟情深。

这些诗饱含真情，娓娓道来，读来让人怦然心动。

6. 有感而发，不是无病呻吟，都是熟悉的内容，很少空洞的概念口号。

为什么现在读者不愿意读诗歌了？就是因为有的作者写的东西云山雾罩，远离生活，和自己八竿子打不着，读起来有一种隔膜感。

伟东的诗，所写的都是耳闻目睹、熟悉的人和事。言简意深，看似白话，越品越有味道。

7. 热爱生活，柔敏神经。

有的人的神经，硬得像钢丝绳，油盐不进。而一个内心柔软的人，一定是一个具有亲和力的人。在这样人的眼里，一根头发丝，也会留下影子。

伟东无疑属于后者，他虽然年过半百，但仍然保持一颗孩子般的心，内心充满好奇。别人的一句话，大自然的一些细微变化，都会触动他的诗思。

儿七岁有感

早岁吾儿襁褓中，今扶桃李学步行。

园树果实累累日，墙上踮脚捉蜻蜓。

农家早秋

早秋农家晚炊忙，边摘豆角复乳儿。

四顾不知婴何去，笑衔豆角筐里玩。

信手拈来，随便一景一物，入诗后都灵动鲜活，柔软细腻。

8. 形式多样，创新性强。

伟东的作品，既有言志的诗，又有抒情性很强的词；既有七言五言，又有排律和长短句。伟东在写作中不拘泥于形式，随意挥洒，自成一体。

当下有些人在古体诗创作中走入一种误区，过于注重平仄、对仗、用典等形式，忽略了内容的建设。其实，时代发展到了今天，古体诗词的写作，必须创新，必须有所突破，不能再按过去那种僵死的模式来要求。

在这方面，伟东恰恰体现出了高度的自觉性。

伟东的为人，让我们感受到了他的人格力量，而他的诗，又让我们走进了他的精神世界。我给伟东概括八个字：脸冷心热，真情性情。与其评价他的诗写得好，我更愿意说句心里话：伟东先生，你本身就是一首诗！

这些天，一遍遍品读《光阴带电》，心中充满了无限感动。诗人用他的信仰、执着和对诗歌的热爱，来传播和推广诗意，用他乐观的人生态度来影响身边的人。仰望星空，浩瀚的天空有颗璀璨的星星，那就是我们的诗人——伟东先生。

用诗意烧烤世界，用文字温暖亲情友情，用风雅加分气质，用文化的清香，滋润沙化的心灵！伟东，加油！

羡慕伟东先生如此精神富有、也钦佩他一直淡然自在地穿行于诗意的空间，低调、高贵、执着……在伟东的诗里，我还得到三个启发：

第一个启发：除了追求金钱权力等物化的东西之外，人还可以有另外一种活法。

真正的理想主义就是在什么都不缺的情况下想到天下所缺，在太平时代想到危机，在废墟上看到希望，在一无所有时看到未来的辉煌。

伟东骨子里就是一个理想主义者，多年来，不管身处何地，一直念念不忘为这个世界和别人做点什么。特别是他开始写诗以来，努力通过诗歌发出自己弱小的声音，哪怕一个词或一个句子，都力求给人一点启发。

通过写诗和传递诗意，伟东先生让周围的人对诗歌有所了解，爱上诗。他提醒人们，现实中不光有功名利禄，权力金钱，原来还有美丽的诗歌，还有我们梦想的远方。

缺失信仰的时候，一个人的悲剧可能是什么也不缺，但回过头来检点，却似乎什么都没有。这是因为我们忽略了灵魂的建设。感官享乐都是暂时的，有时甚至带来更大的空虚，只有精神的寄托，才让人内心世界强大充盈！掌握了某种精神力量，就可以宠辱不惊，云淡风轻。读读伟东先生这些优秀的诗篇，走进智者的精神世界，我们会受到很多启发，会参透人生很多问题。

第二个启发：诗歌既不高深也不酸腐，它离我们的生活并不遥远，它就是一种精神工具，人人都可以亲近它使用它，用它来抚慰和柔软心灵。

据我了解，伟东以前写诗并不多，近五六年来，才有意识地开始诗歌创作，他让周围的人形成一种阅读诗歌的习惯。最终由远离诗意到发现诗意，享受诗意，进而自己也拿起笔书写内心的诗意！不知不觉中，让我们正在沙化的生活，多出一丝文化的清香！

伟东写诗，就是一种热爱。他曾说过，诗歌确实不能即刻给我们带来名利，诗意却能给我们内心带来的淡定祥和，能安抚精神、给气质加分！我们这个世界不免时有暴戾之气，很大程度上是因为一些人心头没有柔软的诗意。

写诗就是给心找个出口而已。伟东先生无疑找到了，让更多的人走进了他的精神世界。其实，从某种角度上来说，人和人之间，就是倾听和倾诉的关系，写诗是倾诉，读诗是倾听。

第三个启发：诗意可以洗礼我们的灵魂，唤醒我们心底沉睡的爱。

当今社会，人们的心灵需要诗意的滋润和洗礼。与伟东交流时达成一个共识：如果我们能像郑板桥那样，夜里听到风雨声便写出忧国忧民的诗歌："衙斋卧听萧萧竹，疑是百姓疾苦声。些小吾曹州县吏，一枝一叶总关情。"一个封建社会的县官，从风雨声中联想到百姓疾苦，这是何等的悲悯情怀！乾隆曾写过："前驱俞骑休呵谯，正欲穷檐悉隐情。"这就是深入基层、实际调研了。由此可见，一个内心具有诗意和悲悯情怀的人，和一个胸无点墨、只会巴结钻营的人确实不啻天壤之别！

不要再冷漠嘲笑文化和精神求索，也不要再把诗意浪漫与酸腐联想到一起，现实的社会，实在需要仰望星空的人！事实上，那些张口金钱闭口权力、鄙视诗意心灵的赤裸裸的拜物教信徒，才是真正的浅薄可笑！

爱是一首诗，诗是一片爱。爱不仅可以传递，还可以放大。亲爱的朋友，诗意无价，情义无价，让我们响应诗人心灵的召唤，共同行动，来挖掘传播岁月沉淀的诗意芬芳吧！

诗意光芒，光阴带电。

宋湛，原名宋占臣，媒体工作者。历任中学教师、电视台副台长、报社副总编辑、文学网总编辑。喜欢诗歌写作，三十余年创作旧体诗、新诗万余首。诗歌主张：短、软、暖、简。生命信条：诗意是灵魂永恒的温度，在诗意消失的时代，努力打捞心灵回声！

张
淑
艳

○

坚守心灵的高贵

——读《苏东坡传》有感

　　林语堂先生曾说："我认为我完全知道苏东坡，因为我了解他。我了解他，是因为我喜欢他。"先生这话一点都不夸张，他的确完全知道苏东坡、了解苏东坡，通读他的《苏东坡传》就能够感受得到。先生极其喜欢苏东坡的诗文，他说，有苏东坡的作品摆在书架上，就令人觉得有了丰富的精神食粮。在《苏东坡传》最后的附录中，也可以看到写这部书时先生参考了上百本书籍及资料。所以，我觉得先生有资格写"苏东坡"。而我——一个无名小卒，谈不上完全了解他、知道他，却无可救药地非常喜欢苏东坡，在读了《苏东坡传》后更是觉得有好多话想说。

　　其实，说到苏东坡恐怕大家首先想到的是他是"大文豪"，却很少有人知道他还是品茶论茶的一代宗师、大书法家、创新的画家、造酒试验家、一个工程师、一个佛教徒、巨儒政治家、皇帝的秘书、酒仙、厚道的法官等，也很少有人知道苏东坡还是一个伟大的人道主义者、一个百姓的朋友。

　　他不管在哪里为官，首先想到和做到的是为百姓造福，为百姓排忧解难。在杭州任职时，在短短的一年半之间，他给全城实现了公共卫生方案，包括一个清洁供水系统和一座医院，解决了杭州人饮水和就医这两大难题；他疏浚盐道，修建西湖，使西湖成为美得无以复加的艺术品；在收成欠佳的年月，他想尽办法稳定谷价；在罕见的雨灾面前，他以济时艰，为百姓应付荒年做好准备；面对连绵不绝的淫雨，他更是奋战不懈，半年之内给皇太后和朝廷上表七次！而浙江和邻近的地方官却都奏报丰收有望，无一人陈明暴雨和水灾。即使苏东坡由中国的北部被远贬到南部的惠州，没有了任何官职，对朝廷高层政治固然已告断绝，仍然把当地百姓的福利视为己任，为"引泉水进城"出谋划策。如此为官做人，百姓怎能不深深地爱戴和敬仰之？

苏东坡可谓是政绩显赫！按理说，像苏东坡这样难得的好官，朝廷是否该赏识？皇帝是否该重用？然而现实又是怎样的呢？以王安石为首的新政倡导者在苏东坡的政绩上找不到任何漏洞，就从他的诗里找"毛病"来诬陷苏东坡，而当朝皇帝竟然默认。从此苏东坡便没有了好日子过，"乌台诗案"，苏东坡入狱三个多月，受尽严刑拷问，自以为必死无疑。后来更是一贬再贬，直至被远贬到了当时荒芜贫瘠的海南岛！

苏东坡屡遭贬降，甚至遭到逮捕，与一个人有着密切的关系，他就是——王安石。

看到"王安石"这三个字，许多人情不自禁地会被他那"春风又绿江南岸，明月何时照我还"的思乡情结所感染，我也不例外。甚至还会同情诗人的遭遇，并被他对家乡的眷恋之情所感动。尤其在教学生背这首《泊船瓜洲》时，我反复讲解，与学生一起朗读、背诵，体会诗人的心情和诗所表达的含义，针对那个充满了灵性的"绿"字的运用，更是一再强调和赞美。而如今，当我再读到或想到这两句诗时，我已不易被王安石所动！因为在我眼里，王安石已算个小人。虽然他也是唐宋八大家之一，有着一定的文学成就和地位，但这并不能掩盖他是"小人"这个事实。尽管这个世界因为有小人才更衬托出君子的高贵，但小人历来就不会被人们喜欢。

王安石对苏东坡的迫害，最主要的原因就是因为苏轼反对他所推行的新政！而他的新政又是怎样的新政呢？在这里且不说它的具体内容，只看一下它的结果如何吧：百姓只有两条路可以走，一是遇歉年，忍饥挨饿；一是遇丰年，银铛入狱。这是不是很可笑呢？事实就是如此。当时的新政下，一年的丰收是老百姓最怕的事，因为县衙的衙吏和兵卒会在此时来逼索以前的本金利息，即新账旧账一起算，并且把人带走关在监狱里。也就是说，老百姓永远有还不完的债！因此，许多人为了躲债远离家乡，甚至是家破人亡。如此新政，朝廷有钱收入，但百姓却破产了，岂止是可笑的，据资料记载，当时百万人民惨遭毁灭，而王安石却极力推行他的新政。

朝廷百官中只有王安石、曾布、吕惠卿三个人赞成新政，其余无不反对。而王安石为了变法，为了推行他的新政则是不择手段！凡是反对新政甚至是稍有异议者一律遭到诬陷，苏东坡更是首当其冲。苏东坡目睹了新政对老百姓的祸害，所以他坚决反对，并一奏再奏，竭尽全力要求免除百姓的税债。王安石一伙又怎么能容忍呢？所以种种迫害在王安石及手下的小人当权时一再延续，并且变本加厉。局面自是混乱不堪，朝政岌岌可危。试想，昏君当朝，加之王安石这样的宰相及手下之小人这样的官吏当权，北宋又怎么能够长久呢？自然灾害所造成的损失也许还比较容易恢复，但政治斗争所造成的灾害往往是根深蒂固、很难恢复的。因此，北宋在衰败中就被灭掉是情理之中的事情。

王安石凭着在文学上的成就被一些人记下了，但在"品德"二字面前，他是否该打折扣了呢？再看苏轼，虽然他的肉体已经死去，但他的善良、他的高贵、他的正气、他的大度、他的单纯乃至他的可爱，却变成了天空中那颗最耀眼的永恒的星，变成了历史长河中最美丽的一朵浪花，永驻人间，润泽万物，世世代代被人们颂扬。

苏东坡的多才多艺，苏东坡生活的多姿多彩，苏东坡的人品个性，苏东坡心灵的高贵岂是我这般无名小卒倾尽所有语言词汇所能描绘得出？正如林语堂老先生所言："苏东坡比中国其他的诗人更具有多面性天才的丰富感、变化感和幽默感。"是的，苏东坡是丰富多彩的，他简直是集人类精华于一身，无论在哪个领域他都达到了登峰造极的地步，他的一生起伏跌宕，屡遭不顺，然而，他的心灵却像"天真的小孩——这种混合等于耶稣所谓蛇的智慧加上鸽子的温文。"苏东坡曾对他的弟弟子由说："吾上可陪玉皇大帝，下可以陪卑田院乞儿，眼前见天下无一个不好人。"这实在是苏东坡的真实写照啊！在苏东坡的眼里，世上的每个人都是好人，他对谁说话都是畅所欲言，直来直去，从不知提防着谁，也不会去陷害谁，更是从来也学不会"老奸巨猾""心怀叵测""居心不良"。他心里装的永远都是善良、慈悲。因此，他总是很快乐，简直就是一个无可救药的乐天派。不管被贬谪到何方，他都能随遇而安，安静地面对，坦然地接受！即使居无定所，没有饭吃，忍辱苟活，他依然会享受生活，写诗做画，饮茗品书，总是生活得有声有色。诗情画意，总能坚守心灵的那份高贵！而他的治国智慧以及对天下百姓的悲悯之心更是无人能敌，令人望尘莫及！

林语堂老先生说："苏东坡是人间不可无一难能有二的！他是一个月夜徘徊者、一个诗人、一个小丑。"乍一看到"小丑"这个难听的字眼，我感觉这怎么可用在苏轼身上？可细细想来，事实上他不就是个小丑吗？孩子般的天真，把谁都当好人看，全心全意为百姓想、为朝廷想，总是希望国家兴旺发达，人民安居乐业，并为此全身心地投入。然而，当朝者当权者给予他的又是何物呢？他的这种单纯、可爱和高贵与当时社会的浑浊显得格格不入。在那种浑浊不堪的大气候中，他是那么的势单力薄和与众不同！简直就是个小丑！可社会、人民是多么需要这样的小丑啊！这种"小丑"又是何等的美丽与高贵！如果社会上能多一些这样的"小丑"，世间岂不更美好一些？

现今生活中这样的"小丑"不也存在吗？其实，如此"小丑"都是单纯和善良的，欺侮了这份单纯与善良，是要付出代价和受到惩罚的。我就是无可救药地喜欢这样的"小丑"，喜欢他对心灵的执着坚守，因为一个心灵高贵的人即使身陷污泥浊水之中，他的灵魂也能穿过阴霾，破云而出，辉映在历史的星空，烛照着人间的魑魅魍魉，使他们原形毕露，无所遁逃。苏东坡作为人类崇高精神的化身，他必将引领着我们跨越泥淖，走向人生心灵的高峰！

作者：林语堂
出版：群言出版社
出版日期：2010 年 7 月

张淑艳，女，乳山市黄山路学校教师。所撰写的近四百篇教学随笔等文章分别发表在国家级、省级报刊上。出版了《美丽只在弯无间》《播撒一片美丽》《燕语无痕亦美丽》以及《新十万个为什么》等书。

张
敬
滋

○

像花朵盛开在春天里

"这是我写给岁月最美的诗行，也是写给人生最美的一段时光。希望我写下的故事，会带给你春天的温暖和春花的明媚。"

捧读这本《那些年，最美的我们》，心中洋溢着久久的温馨。是啊，美好人生，谁不渴求这明媚的春天呢。

认识小郭（冬梅），时间并不长。她热爱写作，通过朋友介绍加入了乳山作协，之后，又陆续看到她发表在我主编的刊物《大乳山》上的文章，便有了些许印象。及至后来，她请我帮助联系出书事宜，才有了进一步交流，也让我对这位看似娇弱的小妹妹有了更多的了解。小郭文笔优美，感情细腻，她把心底美好的记忆通过童年乡村、青葱岁月、师生之间、小城生活、日记花田几个小辑浅唱低吟，娓娓向读者作了讲述。认真阅读小郭的文章，你会发现她的笔下不仅有暗香浮动的语句，生命体验的礼赞，为人师表的传承，还有着对美好未来的憧憬。透着学习进取的力量、人生智慧的幽默。生动处惹人莞尔一笑，又满怀生命的热爱和暖意。这也许是中文系学生的特质吧，岁月不老，却灵动飞扬、逻辑清晰、思维烂漫，用文字把生活演绎得活色生香。

在第一辑：那些年，童年乡村的安宁中，我读到了作者对故乡、老屋、童年那些美好的人和事的深深情愫。

这里有青砖红瓦的祖屋，有屋檐下的小燕子，有水中嬉戏的小鱼，有剪窗花的小脚阿婆，有家里温暖的煤油灯光，有山里的红果和金灿灿的花海，还有那美味的汽水和野菜……无一不让人温暖和快意，那个曾经的年代，童年的快乐是写在美丽的原野和乡间小路上的。现在生活在城市里的孩子，是永远无法感知那份简单的快乐的。作者在展现这些童年趣味的同时，又有着深深的眷恋和惆怅："我们与乡村的距离，越来越远，越来越远，乡愁的丝线被拉长，这次第，怎一个'怅'字了得。"道出了我们共同的心声。

在第二辑：那些年，青葱岁月的眷恋中，我读到了作者对大学时代幸福时光的愉悦追忆。

"有古老宽大的图书馆，上面爬满了茂密的爬山虎，有各种漂亮的笔记本，有紫色的丁香，有鹅黄的蜡梅，有喷泉，有小池塘，有快活的小鱼，有茂盛的核桃林……"；有"家家泉水，户户垂杨"；有宿舍八姊妹的欢歌笑语、趣闻秘事；有美食和小吃；有济南的老街道……

虽然我没有走进围墙内的大学，但通过作者的生花妙笔，我仿佛身临其境地回味了一把大学时光的滋味。真可谓：恰同学少年，风华正茂，指点江山，激扬文字……多么美好的青春回忆！大学时代是人生的黄金时期，多少年轻的憧憬，多少梦想的追求，都在那片热土上飞扬和起航。

"岁月漫长，记录了我们共同的清欢年华。你经过我的身旁，像小鹿穿过花岗，风吹开一枝木棉。无论走多远，都有你掌心的温热。他朝有日，我们江湖再聚。"不禁让人感叹：这就是青春的友谊、青春的力量、青春的风采！云淡风轻的青春岁月，方便面里也透着香甜。

在第三辑：那些年，师生之间的曼妙中，我读到了作者心中的师生深情和师者的拳拳之心。

在《心中的玉兰花》里，作者写道："高考那一年的春天，日子过得浑浑噩噩，心情烦躁不已，天空仿佛永远被阴霾的云层厚厚包裹着。枯燥的题海，紧迫的日子，将自己拖得心力交瘁，疲劳不堪。""周记里承载了我太多的苦闷与牢骚，似乎连它（玉兰花）也都是永远皱着眉头的。本子发下来的时候，老师在上面留下了一句话：这几天玉兰树就要开花了，留心观察。""让我惊讶的白玉兰，就在一夜的春雪中，悄然绽放。雪白的花骨朵，慢慢张开翅膀，尽情地享受着春雪的甘露。那春雪如同下凡人间的仙子翩翩起舞，玉兰宛若碧空的白鸽自由飞翔，馨香溢满了整个校园。那一瞬间，心灵受到强烈的感染，所有的烦恼，烟云般消散，唯有春雪中的白玉兰在我的思绪里绽放。"

文章刻画出来的意境与心境，令人怦然心动！这个春天的白玉兰，注定要生生不息延伸在作者的生命里，也注定会延伸到你我的生命里，摇曳成我们生命中的一道奋进的风景。

"在诗词的国度里，我的理想是，把我的学生们培养成一只一只绝美的蝴蝶，穿越千年的寂寞，寻觅词之花朵的香气，守护心灵的澄澈。每一个心动的日子里，我的学生和宋词一起成长，在透明的阳光里，在清澈的流水里，在明媚的青春里，宋词将传递给他们生命的温暖。"在《一起寻觅宋词的芬芳》里，作者把对优秀传统文化的喜爱植入了自己的传承使命，诗意、浪漫又不乏师者情怀，柔美中又含有对弘扬传统文化的淡淡忧虑……

《那些年，那些家书》分享的是"怀念那躺在纸上的温情"。既是一份对父母孝道的铭记，更有对时代变迁的感慨，对良好家风代代相传的期盼。温馨中透着无限的亲情与温暖。

《心里生出另一双眼睛》中，作者感悟到："有些事并不像它看上去那样。"表达了师者爱心。对孩子多一分宽容，多一分理解，多一分关爱，多一双发现他们闪光点的眼睛，我们看到的将是"柳暗花明又一村"，收获的将是"春风桃李花开日"。多好！

师者，传道授业解惑也。这一辑的文章，作者用师者的眼光"承上启下"，传递美好，不忘初心。

在第四辑：那些年，小城生活的温柔中，我读出了作者的情趣和生活态度。既有诗情画意之向往，又有人生哲理之感悟。

"如果有机会，我的书屋是什么样子呢？书籍、木桌、鲜花与下午茶……想想就很美，人间花木深，四季茶香溢，时光温且静，诗书继世长。"（《鲜花书屋与下午茶》）

"如果真的有来世的话，我希望自己变成山野里的植物，因为转世为一株植物也很幸福。湖中莲花，空谷幽兰，林间野花，临水垂柳，细数着日子从身边划过，静享阳光的温柔，和岁月，与季节，同呼吸，共情长。"（《和植物相遇》）

"一路皆是美景，不要让自己错过每一段精彩的旅程。""生活因欣赏过程之美而更美妙。"（《享受过程之美，人生诗意栖居》）

这就是青春的浪漫，青春的情怀，更有青春的无限诗意。

在第五辑：那些年，日记花匠的清香中，我读出了作者的心情小语。文字是灵动的，心是柔软的，梦是蔚蓝的……

"给内心以春天，在生命中植满百合。"

"小时候，喜欢仰望天空的云朵，大学时喜欢站在高高的楼顶，仰望天上的繁星。能够仰望是幸福的，最起码表示自己还没有遗忘美好的梦。"

"因为相爱，所以执着；因为执着，所以守望；因为守望，所以等待；因为等待，所以幸福。"

……

"那些年，最美的我们，陪你重温美好时光和美好故事。清浅岁月，与你相逢。"

美的语言和美的情感，像花朵盛开在春天里……打开尘封的记忆，视野里满是春天的色彩，珍惜文字和曾经的相遇，它们会让我们觉得，这世界安静又美好。

愿作者这些温馨幸福的回忆，成为七彩的音符，为每一位读者奏响美好人生的乐章，乘着新时代的东风，奋斗着，幸福着，轻舞飞扬，花开芬芳……

作者：郭冬梅

出版：四川民族出版社

出版日期：2019 年 7 月

张敬滋，1971 年 3 月生，山东省乳山市人。系山东省作家协会会员、威海市作家协会副主席、乳山市作家协会名誉主席，中国新闻摄影学会会员，山东省摄影家协会会员，首届乳山市文化名家。《大乳山》文艺季刊创办人，曾出版《乳山艺术家》《生命放歌》《银滩艺术家》《大乳山文集》《笔耕路》等。

阿

华

○

心有所信，方可行远

——南书堂诗集《漫步者》漫谈

任何一个写作者，都必须保留灵魂深处的寂寞感，以及对现世的紧迫感，才能从事这份艰苦的工作。

当然，写作也是欢愉的，它虽然解决不了什么大问题，但一个写作的人，只要深入到自己的文字里，那就像是在夜幕中看到星星，即使身处黑暗，也依然会看得见光亮。写作让我们知道，人类的悲欢并不相通，但是却有雷同。写作让我们知道，我们可以从他人身上，看到自己的方向。

诗人南书堂就是这样一个清醒的诗人。

认识南书堂已经有十多年了，作为朋友，他是一个真诚的人，作为诗人，他有悲悯情怀。在刚刚出版的《漫步者》这本诗集中，他把他的思想、学养、悟性、情感都融入在文字中了，他用自己的言说方式，给我们展示了这个斑驳陆离的世界。

在《园林记》中，南书堂写道：山水自有宿命，风骨/但若遇到视他们为知己者/它们也乐意丘变虎/石头变狮子/水变成一地锦绣……

我喜欢这首诗歌叙述方式，调侃中带着智慧。

身处斑驳的世上，我们应该知道：一朵花，就是一座须弥山，一束光，就是一座通天塔，一个念起，就可见尘世繁华，一方静寂，就证得春秋无相。

在《园林记》中，作者用通透的语言告诉了我们人生的真理，就是这样：活着，只能是痛并快乐着的。

在《弯曲》中，诗人说：芦苇们枯死了，仍保持着弯曲之姿/几株小树，还在弯曲中活着/冬日的河滩，像一个生活的遗址/我扶直一株小树，一松手它又弯了回去/扶另外几株，它们同样弯了回去/河水早已干了，这弯曲源于它们的惯性/还是对来年大水的畏惧？/这弯曲，令我想到自己……

还有一首《弯腰的秋天》：沉甸甸的果实，让它们本能地弯下了腰/也许大地上最初的善，经由此生/风像个检验师/殷勤地吹着哨子/在他们中间跑来跑去/谁一生不想获得贡献的荣耀/我看到，那些无果而卑微的草木/急切地抖落着一身叶子。

南书堂在诗中还说：在秋天，唯有弯腰，是万物和人共同信奉的宗教/天那么高，是因为大地上的事物都弯下了腰。

这两首诗歌有着异曲同工的作用，带着作者的思考，让我们明白了人生的一些道理。

冬天了，很多的事物都在寒冷的风中弯腰，也不只是冬天，每一个季节，只要有风，一些事物就要弯腰，有时也不需要风，一些事物也会弯腰，偶尔还要包括我们的肉体和思想。在这个世上，我们从来就没有强势过，但我们还是必须要向命运一次次地低头。

在《如何让一条河流回到春天》中，诗人说：

要啄开一层冰/要按古诗中的秘方/赶来一群鸭子/要让河滩的石头们大声朗读/要备上李白的诗/而不是罗丹，给沉默加冕的雕塑/要让那些荒草的亡灵复活/要唤来春风，它是比死神更高级别的神。

是的，春天含苞待放，雨水因而小心翼翼，大风却处处怂恿着渴望，矜持的，热烈的，朴素的，香艳的，都在目光所及的山川，都在莫名念起的刹那。春天最有价值的，是万物苏醒的开始，一条河流回到了春天，我们也有了重新的开始。

在《礼物》中，诗人说：一簇迎春花，让我的揣摩有了具体的归宿/它鲜艳的黄迷人的小裙裾/怎么看都像情人的打扮/当它小口径的吻印章一样/盖在田坎的胸脯上/连乍暖还寒的风/也舍不得剪掉它们多余的风情。

是的，春光吻过的大地，像一位明媚的新娘，她朴素的衣装下，正躁动着一股生命的力量，而这生命的力量就要蓬勃而出。诗人无疑是多情的，在他的诗中，那种绵密、黏重、细碎、繁复、强烈的感情一览无余。

在阅读中，我不迷恋修辞，但还是会被这些有幻彩的词句带着走，我喜欢这种词语的新鲜和陡峭。

在《春雨去了哪里》，诗人说：这个春天，雨有些犯贱/一点儿也不贵如油/一点儿也不细无声/我只好紧闭门扉/独自怅然，独自守着一份内心的高贵。

不用太多的解读，我们也知道，多少年了，一直下雨的人，还没有打算与季节讲和，也不打算交出自己的潮湿。

诗人南书堂是有故乡情结的人，在他的诗集《漫步者》中，南书堂对秦岭的感情略见一斑，他写下《秦岭是一头牛》《爱恨秦岭》《秦岭红》《管大事的秦岭，也管小事》《与贾平凹先生谈论秦岭》。

在这些狂放而又大气的诗中，我看到的是一个诗人对大地的敬畏，一种只有身体里流淌着大地血液的人，才有如此地迷恋大地的情结。因为，大地才是源泉。

在《高速路上的收割机》中，诗人南书堂说：出发是为了返回/这符合候鸟的思维/原本只想借用一下候鸟的习性/但恒定的周期律/和不恒定的暂栖地/使这些机器就能得比候鸟还敏感。

南书堂的很多诗歌，都能激发起读者对社会的思考能力，包括他写的那些扶贫诗歌，都在证明着他的诗歌与这个时代紧密相连。在他的诗中，雪下在深冬，花开

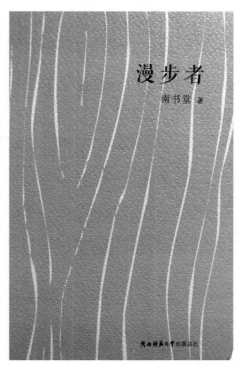

作者：南书堂
出版：陕西师范大学出版总社
出版日期：2020 年 11 月

在早春，人退隐在人间，云散落在云中，天地井然有序。

我们都是一些俗人，身体经常会被所谓的世俗生活牵绊，思想却可以一次次被擦拭得光辉明亮，宛如漆黑的夜空中高悬着的圆月，我们辨认着自己的前生今世。

我们的写作，更多出于自我表达的需要，如果能够通过写作，不仅缓解自己的孤独，也能缓解他人的孤独，给人以安慰和温暖，这就是写作者的成功。

南书堂的诗给了我们这样的温暖。

他让我们知道，每一个被世间的寒暑冷暖光顾着的人们，可以不再受到困扰，毕竟我们的灵魂，都有一个自由广阔纵横驰骋的去处。

阿华，原名王晓华，女，山东威海人。诗歌作品散见《人民文学》《诗刊》《山花》《飞天》《十月》等，有诗歌作品入选各种诗歌选本，著有诗集《香蒲记》等。参加诗刊社第二十五届青春诗会，鲁迅文学院第三十一届高研班学员，山东省作家协会签约作家。

陈全伦

○

民间文学的振奋

——《麻姑》读后感

民间文学是文学艺术的源头。马克思认为：希腊神话不仅是希腊艺术的宝库，而且是它的土壤。鲁迅说："神话不特为宗教之萌芽，美术所由起，且实为文章之渊源。"他还说："歌、诗、词、由，我以为原是民间物，文人视为己有。"文学艺术的无数事实说明民间文学是一个国家、一个民族的瑰宝。而且以其丰富的营养孕育滋润着作家的成长与发展。尊重民间文学就是尊重民族的历史与文化。

然而，这些年来，随着文学艺术领域里各种思想、思潮、理念、理论、风尚、风气、规则、规矩等的起起落落，来来去去，明明灭灭，忽忽闪闪，使文学艺术界出现了一种迷离，作家队伍出现一种困惑，而这些带来的严重后果就是民间文学的萎缩。

因为民间文学的担当性及社会功利性相对弱些，因此被忽视、淡化、冷落，民间文学就像一个灰姑娘一样在文学的角落里哭啼，默默流泪，然而有人却挺身而出，对民间文学拯救。比如于书淦先生就是这样一条文学汉子。

他不随波逐流，不追逐名利，俯下身子，沉下心来，以守望的态度坚守着民间文学的阵地，终于写出了社会比较认可，读者比较满意的民间文学作品来，他出版的书写昆嵛山民间故事的《麻姑》，就是在这样的背景下悄然出世。这无疑是挖掘昆嵛山地域文化的一笔重彩。

　　于书淦先生是文登本土作家中一位资深的老作家，他和我一样都是对文学有些痴迷，有些奋不顾身。几十年来，他变换了许多工作岗位，但他始终没有放弃文学，一直笔耕不辍，勤奋写作，并且成就斐然。

　　他既写小说，也写散文，还写诗歌，驾轻就熟运用自如，写出了好多优秀作品。他写过农村生产队长系列中短篇小说，特色鲜明，味道十足，赢得广泛赞誉。现在，他调转船头直接驶入民间文学的海洋，精心创作，认真打磨，终于创作出一部长篇民间文学《麻姑》。

　　这部书我读后感觉很好，深切感到于书淦先生是费了心血、下了功夫的，我认为最可圈可点的是他的创新精神，于书淦先生是以创新的姿态去写这部书的，无论题材的选定，故事的构建，人物的塑造，语言的运用，主题的提炼，都有新意，把老故事写出新意味来。特别是作家还首次在作品中运用了穿越的手法，写出意想不到的艺术效果，令人回味无穷。

　　总之，于书淦先生的这部《麻姑》给了民间文学一个很大的振奋，使人们重新看到民间文学创作的希望。文登民间文学资源十分丰厚，昆嵛山是个产生神话故事的地方，挖掘整理是时代的需要，作家们大有可为。

作者：于书淦
出版：山东文艺出版社
出版日期：2015 年 9 月

　　陈全伦，原文登市文化局局长、文联主席，中国作家协会会员、国家一级作家，现任威海市作家协会副主席、文登市作家协会名誉主席。代表作品有小说《磨坊》《油坊》《粉坊》《包子铺》、四部五卷本《陈全伦文学作品集》、电影《婶子》、电视剧《磨坊女人》。主持整理出版了古籍图书《徐公谳词》，创作发表了展示徐士林人生风采的散文《归舟》，与人合作创作了大型电视剧剧本《大清官徐士林》。

周
霞
〇

隐然一声有真味

——读《齐东云》有感

每一本书，都在等待自己的知音。

然而，最近，我没读什么正经书，只偶尔闭上眼睛静听一段埙曲。埙的音色很特别，幽深绵延而戚戚，那苍凉沉郁的声音需在埙那特别的形制里蜿蜒回旋一阵，才徐徐而出，于是听来格外荡气回肠。即使读点书吧，也往往不求甚解，总是随兴而至，所思所感也总是零零星星，不成体统。本无力给人写书评的，然而，《齐东云》读了一遍又读一遍，再不写几句话，心里就隐隐有点愧疚了，而且，这愧疚还有悄然蔓延之势。拿起笔又搁下，搁下又拿起，如此几次，就在犹豫的当口，埙的声音骤然悠悠响起，听着听着，蓦然找到了埙声与荒田先生的相通之处，埙的大容量，恰如先生，先生的文字，也如埙曲般深沉悠远啊。

于是，我试图在先生的文字里逆流而上，去揣摩先生文字背后那颗隐忍的心，那份深挚的情。

认识荒田先生，先要走进《决溪河》。《决溪河》是他的第一本散文集，说实话，我这人不太谦虚好学，《决溪河》里的苦难意识也一度令我望而却步，我知道人生充满艰辛和不可预料，我的精神就总是避免着那种苦痛的灼烧。有一本散文杂志，我本是喜欢那种文学的高度的，然而，那本杂志的主编却总是偏重苦难的挖掘和夸大，有意拒绝着一些美好温暖的东西，于是我不敢多读。对我来说，《决溪河》是一条流淌着苦涩的河流。然而，《齐东云》就高了远了。《齐东云》是荒田先生的第二本散文集，只读几篇，就已经读出文字里的轻盈了，再读，就有些不忍释卷了。很多个夜晚，我一遍遍读着那些带着作者情感温度的文字，甚至觉得静寂的灯光里沉沉的夜色里也弥漫着阅读的快意。

一、农民情结

每个人，都需要归属感，而农民阶级，无疑是和大地最接近的群体。荒田先生的散文，当你读完，就会自然地被他的那种沉淀在骨子里的朴素的农民情结所感染。而这种情结，或散落字里行间，或积聚一处，因其真，因其深，读得多了，也就自然弥漫到读者的心里了。荒田先生来自农村，他的童年，他的思考，他的情感，都深受大地的滋养，因而他的文字也就自然弥漫着泥土的味道，朴实，深厚，广博，而丰美。

一个偶遇的"猪食槽子"，一个麦穗，抑或从小贩那买来的一辆"小推车"，都会勾起他对于故土对于乡村的无限联想和追问。窃以为，《谁是你旅途中的风景》完全袒露了作者的农民情结。虽然作者有意无意地躲避着"我"（文中用的是第二、三人称），却不过是更客观地审视自己的内心罢了。那个车过南黄上来的那个农民兄弟，他的张皇仓促和掩饰一直在你温热的眼神里。你的心思一直在比量中纠结着，七上八下，他的不安也是你的紧张，你的无奈，也是我们所有人的无依无着。"你"思想的暗流涌动，无人察觉，然而，却从文中浓郁地弥散出来。"你熟悉他，是因为你太熟悉农民了。你身上流淌着农民的血液，你身上基植的土地的根性，一经平凡卑微的农民来唤醒，就会疯长出庄稼，弥漫着豆麦清香。"读过这篇文章，就一直念念不忘，我在想象那一车的人，那眼神，那样子，不曾见，却是如此熟悉，如此意味深长。

二、寻根意识

记得小时候，总是不停地问大人："我是从哪来的?"问得父母不耐烦了，就敷衍道："是从土岗子里刨出来的。"于是将信将疑，过了不久，仍是问仍是问。荒田先生在对自己的姓氏和村庄来历的追究上，确是有着小孩子的执着的。其实，读《决溪河》时就已知道，荒田先生，有着超乎常人的毅力，有着坚韧不拔的耐心，他上心的事，一定要弄个水落石出。我们自小就在思考，我们从哪里来，到哪里去，我们试图更多地了解我们自己，了解我们周围的世界，这样的探索，从未停止过。

这类寻根文字大部集中在第二辑"故土云声"里，当然在第三辑"屐痕云起"中也有对某些地名的追溯史料的钩沉，而"故土云声"里所流露的那份执着劲儿，尤其令人感怀。"追念祖先而不得的惶惑，夹杂着喜怒悲恐惊思，郁思凝气，摧肝伤心，一日九回，我觉得自己已臻病态。"可不是吗，辗转徒步，四处走访，查阅资料，即使在冥想状态下依然在艰难求索，也就在那一刻，荒田先生用自己的深切感悟道出了这求索的本意："天地之间你并不孤独，祖先在你身后陪伴着你，在你心里陪伴着你，庞大的血脉星云在支撑着你的底气。"

因为孤独而上下求索，我们苦苦寻找的，不是繁茂的枝叶，而是强大的根系。

三、对生命意义的探求

存在主义认为，存在纯属偶然，人生全无意义。然而，我们可以选择如何活着，李银河老师说"只有审美的生活才值得一过。"我深以为然。

活着，并且有意味地活着，努力在平凡枯燥悲喜无常里寻出点意义来，想想，我们很多不想虚度的人生都是这样期望吧。唯其期望所以努力，荒田先生就是这样一个努力让生命的细节也散发光芒的人。他的心思绵细，《掬一捧清水》也虔诚静穆，一场雪，也会"因为知心，潜然泪下"，偶感风寒也要缱绻深情地《等待阳光》："天阔地远，那一缕阳光能否照亮等待的梦境？那梦境般的等待能否留住一颗尘心？那颗仁留难定的尘心又能否容下那缕阳光的温度？"我们活着，活在这婆娑纷扰之中，不就是在等待一缕阳光的温度吗？

《雪上人生》慨叹着聚散须臾清虚寂灭，《这只幸福的猫》又在娓娓叙说着生的幸福："老爷子呢？到小广场上散步去了。猫呢？在吃呢。"

荒田先生告诉我们："无需畏惧生老病死，无需挂念沧桑变迁，来世若能站成一株柳，等待一两只黄鹂来鸣唱，或者也有人来雀跃相逢，也不枉此生矣。"如此美好的畅想，倒叫人真的希望有前生来世了。

《齐东云》大概在几个月前读完了一遍，犹记得当时在夜深人静时，往往会在某处心有悸动，那是某些文字激起了我的思考的疼。时隔几个月，再拿起，只是粗粗浏览，再去寻那些曾经触动神经的文字，伶俐的它们竟隐没在一篇篇一辑辑里了。罢罢罢，我且不寻，敬请他人自己去品吧。

最后，我仍想啰唆几句，全书之中，特别喜欢"隐然一声"。《清明记忆》中作者写道："是谁，隐然一声，乡愁便步履踢踏，如醉如痴？是谁，隐然一声，有关他的记忆便山长水远？是谁，隐然一声，无限的时空里便放飞无数敬畏的精魂？"我一直在想，这"隐然一声"到底是一种怎样的声音，直到喜欢上听埙曲，才恍然大悟，这隐然一声，不恰如从如瓶的埙中悠然付发出的音乐吗？荒田先生，以及他的文字，都带着明显的黏液质特征，这注定了他的情感他的文字不是爆发式的，而是要经过窖藏的。若你不好好去品，就生生辜负了那些文字。

作者：荒田
出版：中国言实出版社
出版日期：2012 年 7 月

周霞，教师，女，1969 年 10 月出生。著有散文集《退一步，云淡风轻》《倾城花开》《月出皎兮》。

单
增
科

○

我有诗书，也有酒

—— 读周作人《不忘此生优雅》

"我有诗书消永夜，君偕酒月醉千江。"这两句诗，忘了是从哪里捡到的，觉得有点儿意思，就记录在脑海里。我想这两句诗，应该用的是"互文"的修辞，是说我和你一块儿读书品诗，一块儿饮酒赏月，而不是我在用诗书消磨长夜，你借酒月沉醉大江。

今晚，阅读周作人的《不忘此生优雅》，一下子想起了这句诗。月明星稀，风静云闲，正是读书的好时光，虽然只有"我"，没有"君"。

买的新书饭前送达，拆开塑封，久违了的书香沁人心脾。说实在的，这些年，文字读得并不少，可都是在冰冷生硬的荧屏上，总是找不到"读书"的情调。读书，需要有翻动书页的清脆，需要有笔尖划过纸张的轻盈，更需要有掩卷沉思的静谧。没有电了，书本不会离你而去；没有光了，月亮的温情足够了。采撷一片枫叶，置于书页之间，又多了一份情趣。

偶尔，从空中落下一只喜蛛，大大方方地行走在字里行间。你可以停下来，静悄悄地看她如何兴致勃勃地阅读，看她如何得意洋洋地离去。也可以不去管他，只要别在翻书页的时候，伤害了她。

窗台飞过来一只麻雀，我不想惊动她，让她的影子走进我的扉页，让她的歌声落进我的酒杯。忽然想，最好来一只蝴蝶，落进我的心头，走进我的梦里。

读书之妙，前人所述颇多，我不想"关公面前耍大刀"，只是写写今晚的感受。

周作人的文章，应该讲，我是第一次真正阅读，第一次自己买书来读。对于这个在课本上认识的历史人物，印象很深刻，却并不十分了解。近日在网上看到一篇关于周作人的论述，我心中荡起一丝涟漪，是时候了，应该读一读周作人。

在另一篇文章里，我好像说过，不太赞成"泡上一杯茶，手捧一本书"的做法。很喜欢倒上一杯酒，最好是一杯葡萄酒。不论是在日光之下，还是在月光之下，还是灯光之下，淡红的葡萄酒总会给你一种白酒无法企及的温馨。

女儿男朋友送我干白葡萄酒，嘱咐每天晚上喝一小杯，对心脑血管有好处。倒上一杯，微微一晃，酒香沁鼻，酒意入心。

翻开新书，看到一句话，比葡萄酒还温馨："喝茶当于瓦屋纸窗之下，清泉绿茶，用素雅的陶瓷茶具，同二三人共饮，得半日之闲，可抵十年的尘梦。"

心尖一颤，品茗竟然有如此的神妙？凝思良久，不得其解，还是先读书吧。

读书，对于学生来说，是本分，忙不忙累不累都无法摆脱。离开了学堂，读书，则是一种爱好，必须得有闲情，才能得逸致。清闲、悠闲、疏闲，对于我们来说，一直是一种追求，甚至是一种奢侈。不然，怎么会有"忙中偷闲"？怎么会有"偷得浮生半日闲"？一个"闲"，竟然用"偷"，你不觉得她太可贵了吗？

周作人的优雅，来自对生活的端量与品味。在《茶话》一辑中，文字就如同家长里短，真的就像是一边啜饮着香茗，一边拉着家常。时光就在不经意间变得闲雅而充实，心灵在不经意间变得轻盈而富有内涵。

忽然，我有了答案，品茗只能在闲谈的时候。在阅读的时候，全身心投入进去，不可能顾得上品香茗，茶香早就随着时间飘散。一杯酒，无所谓冷热，不怕时间的蒸发。读到兴奋处，啜一口，足以助兴；读到难解处，抿一口，静心思考。

第二辑《格物》首页写道："我只希望，祈祷，我的心境不再粗糙下去，荒芜下去，这就是我的最大愿望。"

陶渊明说："田园将芜，胡不归？"其实，这里的"田园"不是一般意义上的田园，而应该是心灵的田园。我们的心灵荒芜了，恐怕唯一的办法就是用阅读来打理。高尔基说，书籍是人类进步的阶梯。

周作人做人如何，我没研究过，不敢妄断。但他的文章，譬如这本《不忘此生优雅》里的文章，则是纯真得很。几乎找不到华丽的辞藻，但你能随时感受到生活中的每一滴露珠都是美丽的，甚至，每一粒尘埃，都有着独一无二的情怀。他竟然写了诸如《苍蝇》《虱子》等小文章，把这些天下人皆以为脏的东西，活生生摆在你面前。

在《虱子》一文中，周作人摘录了好多个关于虱子的掌故，内容涉及古今中外。在幽默诙谐中，竟然写出了历史，写出了文化，写出了情怀，让人在剖腹大笑之余，回味无穷，乃至沉思良久。

我想，周作人之所以能这样，都是因为他有一颗纯净的心吧。有句话很能证明这一点："心中有佛，万物皆成佛；心中有屎，万物皆为屎。"我们的生活中，缺少的就是阳光的心态和明亮的精神。

在这个寂静的冬夜里，捧着这么一本淡雅的书，啜着这么一杯淡香的酒，在淡淡的月光之下，蓄养一份淡淡的心境，咂摸一下与自己有关或者无关的事情，恐怕是极其恬美的了。想起诗人辛笛的《冬夜》里有这么几句："百叶窗放进夜气的清新，长廊柱下星近；想念温暖外的风尘，今夜的更声打着了多少行人。"

家事，国事，天下事，事事关心。恐怕是所有喜欢文字的人都常有的情愫吧？深蓝的天幕下，又长又冷的冬夜里，在星光的照耀下，又会有多少故事发生呢？

静静的夜色，暖暖的书香，每一行字都顺着目光渗入我的心田，融入我的血液，然后从每一个毛孔散发开来。于是，神清气爽。用诗书打理我荒芜的心田，用

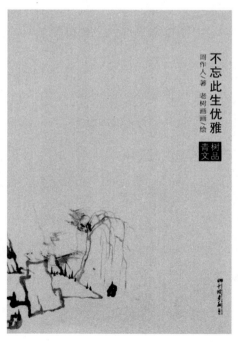

作者：周作人

出版：中国画报出版社

出版日期：2015 年 10 月

杯酒滋润我干涩的情怀。"不忘此生优雅",是的,优雅是一生,不优雅也是一生,为什么不优雅呢?

今夜,我有诗书,也有酒,要是再有二三文友,更好。

单增科,笔名禾下土,1964 年 7 月生,乳山市第一中学高级教师,山东省散文学会会员,乳山市作家协会副主席。出版散文集《穿透岁月的歌谣》。

泓

峻

○

当诗歌回归日常

——李富胜先生的诗集《诗韵拾趣》读后

自 1917 年 2 月 1 日胡适在《新青年》上发表《白话诗八首》算起，作为现代 "新文学" 出场标志与突破口的汉语白话诗歌，到今年正好走过一个世纪的历程。一百年后的今天，对于这种 "节无定句、句无定顿、可押韵可不押韵" 的白话 "自由诗"，已经很少有人再去争论它像不像诗，倒是其日益 "小众化" 的局面颇为令人担心。我们发现，"新诗" 的创作与欣赏，在很大程度上已经成为极少数人十分专业化的行为。无论是诗歌的形式，还是其表达的内容，都离人们（甚至包括诗歌作者自己）日常的情感与思想状态越来越远；与此相反，在现今诗坛上，被当年胡适等人斥为脱离现实，空洞无物的旧体诗词的习作，却似乎更能够将诗人的创作活动与其日常经验很好地融为一体：工作、学习、交友、家居、清晨散步、假日旅行，在这些日常场景中，只要有一些发现、一丝感动、一点感悟，诗人就能迅速将它们转化为诗作。许多写旧体诗词的人将写作当成思想情感表达的自然而然的需要，根本不在乎是否有诗人的名分与诗人的气派。倒是那些写 "白话诗歌" 的人，整天端着一副诗人的架子，挖空心思地寻找惊世骇俗的思想情感与表达方式，越来越不食人间烟火。这种状况，恐怕是当初攻击旧体诗词，提倡 "新诗" 创作的胡适诸君所完全始料未及的。以上感想的产生，得益于近日读李富胜先生的诗集《诗韵拾趣》。

《诗韵拾趣》中的 200 多首诗，除十几副楹联外，其余的每首诗或七言或五言或四言，篇幅长短不拘，讲求押韵而无论平仄对仗，体式上当属旧体诗词中的"古体诗"。作者将这些古体诗分了四个部分，从内容上看，第一部分是对春夏秋冬、梅兰松菊、山魂海韵等自然景象的咏赞；第二部分是对作者自己读书品茗、观画听曲、雅集送别的记述与感悟；第三部分大多传达的是对父母、妻小、同窗、师友的感恩、祝福之情；第四部分则大多涉及对领袖、对时代、对历史、对文化、对故乡的浓厚感情。这部诗集的最大特点是咏物、叙事、抒情、言志都显得十分自然、平实、真挚、健康，体现的是作者认真、达观、向上的生活态度，友善、诚恳、豪爽的处世风格，纯洁、高雅、丰满的艺术情趣，积极、坚定、高尚的人生信念。读这样的诗作，你会获得与读那些故作深沉、颓废、偏激、反叛姿态的诗歌全然不同的体验。

在此部诗集的封面上，镌刻着作者写下的这样一段文字："生活中有诗，诗中有生活。有美好生活的向往追求与体验，就有成就诗歌华章与美妙韵律之吟唱。"这种来自日常生活的自然而然的吟唱，其实是汉语诗歌的真谛所在，也是其真正感人的艺术魅力所在。李富胜先生在退休之前一直在威海这样一个地级城市当"干部"，不但担任过宣传部、文化局、文联等文宣部门的领导职务，也在民政局这样的纯事务性部门主持过工作。尽管他写剧本、写小说、写散文、写诗歌，而文学写作对于他而言却不过是"业余"爱好。这样的"业余作家"，是当今许多自诩为专业作家的写作者所不屑的，但如果回到几千年的汉语文学史上，这种写作其实恰恰是一种常态。就诗歌而言，包括屈原、陶潜、杜甫、苏轼这些流芳千古的大

作者：李富胜
出版：人民日报出版社
出版日期：2016 年 10 月

诗人在内，许许多多的古代作者，都不是以诗人为职业的，他们的诗作，实际上就是他们从政、治家、社会交际、个人成长过程中所经历的事件、所产生的思想，所体验的情感的真实记录，诗对他们因此是一种日常言志抒情的语言表达方式，而不是刻意的"创作"。唯其如此，在很长时间里，中国才是一个诗人层出不穷，诗歌层出不穷，诗歌的读者层出不穷的"诗的国度"。从这个意义上讲，李富胜先生这样的试图使诗歌写作回归日常生活的写作态度，正是回到了汉语诗歌写作的常态，代表着汉语诗歌重整旗鼓的希望。

而且，更加让人欣喜的是，李富胜先生《诗韵拾趣》中的 200 多首诗歌，不但音韵自然流畅，而且语义也十分明白晓畅，加以作者有很好的语言功底与文学感受力，许多诗歌读来既有旧体诗词的雅致，又有白话诗歌的浅近。这其实是将旧体与新体结合之后而产生的一和风格，一种看似平易实则暗藏功力的风格。

泓峻，原名张红军，1966 年生，河南郑州人。山东大学文化传播学院院长，文艺学博士，教授，博士生导师，中国中外文艺理论学会理事，中国马列文论研究会理事，山东省作家协会理论批评委员会委员，威海市作家协会主席。独立完成学术论著 5 部，发表学术论文百余篇，参与多部教材的编写，主持国家社科重大项目一项，主持完成国家社科一般项目、重大项目子课题、教育部人文社科重点基地重大项目，省社科项目、省级教学项目在内的研究课题多项，多次获得省、市、校级奖励与荣誉。

荒

田

○

行走的芳香

——品《花落尘香》

金铭君无愧于人生的行者。他幼岁行走于村土乡野，少年行走于镇县乡学，青年求学卫城，壮岁立业于此，足迹遍及这座齐东滨城的街衢巷陌。行走在成长的每一个瞬间，人在命途，路旁鲜花盛开，足迹印记每一滴汗水，人生因而芳香丰盈，鲜活生动。

且学太史公，行万里路，读万卷书。以滨城为基点，东到海，西趋河洛，穷流沙，北极幽燕，南涉淮泗，过江，流连吴楚。齐鲁间，则州县多所驻足，村肆乡野意有所归。剑履俱奋，人生之境界，由行走而愈加拓展。天地广阔，跬步而始，如此可谓有形之行走。

且学东坡翁，尽人事而听天命，不计穷通，不避履痕，行走出雍容与雅正的文化品格，行走出正直与悲悯的人生气度。岁月芳华，人文荟萃，于中行走，明心见性，抱元守一，意之所至，足之所到，超越人生困境，而达于形上自由。如此可谓无形之行走。

苦难，是人生更多屈从外部世界的表现。人自呱呱坠地，则苦难相随，庸常之人，随波逐流，归于沉寂。而必有超拔之士，不甘空自沉沦，开掘人生气象。且如夸父逐日，精卫填海，愚公移山，西西弗运石，普罗米修斯盗火，虽为传说，当有原型也。且如屈子行吟，史迁舒愤，陶潜采菊，李白抱月，苏轼把酒，稼轩看剑……无不青史有名，光华璀璨于思想星空。

金铭君于此谱系中行走，效法前贤，浸淫古意，得其温热清凉，欲以传统匡正时弊，以古典熏染浮华。且口诵心惟，手不释卷，持天生健笔一枝，有必达之隐，无难显之情，词诗赋文，书法绘画，众妙兼习，令人称绝。

其词祖宋，尤喜晏殊晏几道父子。诗法唐，于杜诗玩味尤深，得其沉郁襟怀，又习高适，得其古风意趣。赋则迈唐过晋，直学曹子建，得《洛神赋》之流丽畅婉，然融入一己情怀和地方风习，又增其朴方厚重。于文则追慕欧阳修之雅正端方，下则沉吟归有光之清腴婉丽，字句必从心而求，直言方寸。其书法以帖学为主，属意于宋，于米芾黄庭坚用功尤勤。其画以竹梅为意象，不习其他，概取譬于竹之清虚劲直，梅之凌霜傲雪。

在文化史上，东坡诗称苏黄，词号苏辛，散文列唐宋八大家，书领宋四家，画则开文人一派，尤喜竹。其曾因弟苏辙为官济南，求为东州守，得以知密州。密州治所，即今诸城之地，金铭君故乡所在。其地水阔土厚，山原相连，地已灵矣，又添人杰。苏轼在密州，得名诗词文凡以百计，中有《水调歌头·明月几时有》《江城子·密州出猎》《江城子·十年生死两茫茫》篇章，脍炙人口。又建超然台，为精神文化之地标。诸城文风兴盛，斯文在兹，苏东坡与有功焉。金铭君呼吸而神会，行走于故乡风土之上，行走于圣哲光芒之中，淬灵肉与水火，铸剑胆琴心，冰魂玉魄。

行走之间，吟咏不绝，得词、诗、散文百数篇，付诸简帛，成书成册。当中珠玉，如春山拾翠，俯仰可得。余有幸先睹为快，随手拈之，与诸君清赏。

其词《菩萨蛮·初村郊野与友踏青》曰：

卫城郊外春光好，
简衣闲步寻春早。
野径少人来，
荠花如雪白。

当年耕读处，

最爱杏花雨。
可惜未芳菲，
还期携手回。
——简淡隽永如此。

其诗《晚秋入里口山》曰：

晴和天气正高秋，
村路遥遥意兴稠。
新寺甫成僧未就，
旧庐已葺客能休。
山花簇放带朝露，
岸柳飘飞动暮愁。
远隔俗尘空谷外，
白云红叶两悠悠。
——苍凉简旷如此。

其小文《惜幽轩记》曰：

东牟地多山，洪武间设卫于石落，雉堞之内，平地仅有一箭之阔。环翠楼当一城之最高处，登楼四望，则城北西南三面，山势逶迤回旋，层层叠起，翠峰盈目。独东一面，拥大海，鸥鸟片片翔集，追涛逐浪。六百年倏忽之间，时移代更，及今城区拓扩，层台楼阁与重峦深壑相交错，幽僻之处，多接通衢，奈古山、古陌岭尽在城中矣。

己丑岁，余购草舍三间于峰柴山西北麓，欲借其静以遣怀适志也。斯地南瞻佛顶而北俯玛珈，西望宁海而东眺成山，远吞山光，近聆涛声，外避喧嚣，内拥幽独，读书会友，良所能堪也。

四时之内，以其人幽事幽，故可专心于黄卷，春秋多读子集，取其机畅也；

冬夏多研经史，以其时久也；雨天读博客，因其致别也；黄昏读报刊，贵其神专也。以其花幽月幽，故可寄性于天籁，春听黄鹂声，夏听蛙蝉声，秋听蟋蟀声，冬听霰雪声，白昼听敲棋声，月下听笛箫声，树底听松风声，窗前听雨潇声。以其情幽意幽，故可抒志于良友，上元夜以春酿醉豪友，清明时以桃花邀诗友，端午日以扇面寄丽友，中秋节以野蔬招逸友。种种幽事，莫可具状。

身在尘嚣，故满袖俗气，衣襟间岂能爽朗。衙斋之内，举手投足尽多庸态陋形，情不得伸，意不得张，久则心疲神惫，胸怀落寞，焉能终日欣欣然、焕焕然也！故构此草舍，借来山光水声，花香月色，屏俗烦于云外，揽风雅于胸中，以成可人之韵致，聊遣孤愁之心怀，不亦宜乎？

余友萃华馆主人，昌阳人也，深恶浊俗，独喜魏晋风度，每与余言其倾慕独坐幽篁、雪夜访戴之意境，辄叹息不能复现。余向其陈此草舍之种种幽事，其喜甚，嘱余务珍之，因名敝庐曰惜幽轩。

庚寅年五月二十四日记

——雅健清正如此。

其古风《秋旅歌·时在齐州道中》曰：

驱马秋原意沉沉，山围秋城翠黛深，独行驿路人寂寞，野花杂伴霜蹄痕。晓雾鹊华啼鸦冷，晚霞济水苍鹜多，湖头楼阁衬华盖，岸堤杨柳染暮色。忆昔十八二十时，咏诗常在泗水曲，当时岂知愁滋味，曾效太白狂歌舞。歌兮舞兮皆年少，放翁才情玉树貌，洙水桥头酒新熟，南沙河边篝火照。而今往事俱已矣，独有秋风悲华发。孤卧逆旅听笛怨，更无角声催征马。故人多年不相问，鱼雁往来有几人？灯昏酒淡雨打窗，墙外久稀銮铃音。齐州秋山如画屏，齐州秋水如明镜，寒潭照影意萧萧，竹杖芒鞋徐吟行。

行到水穷处，坐看云起时。长安争传长门赋，哪知东坡困黄州，蜀郡不见当垆女，月下却有赤壁游。欲见故人明堂上，却羞蓝衫映轻裘，尘履早疏佳丽地，独在江湖沉沦久。意将思绪付彤管，恐招旁人笑余痴，只有野塘芦花发，飞去飞来逐人衣。

——深婉雄阔如此。

其赋则有《诸城赋》《环翠楼赋》《昆嵛樱桃赋》等，大则一地，中则一楼，小则一物，无不入赋。且威海下辖市县，尽皆有赋，其赋之密，古所难求，当今为最。威海属齐东旧地，莱嵎夷曾居此，荒蛮之邦，经史少有传略。而今得金铭君健笔，地有重赋，如国有重鼎，从此可归入雅正一脉，良可兴怀。余最感佩其作《乳山赋》，以乳山建制之晚，不过百年，邑风初具，碧玉新妆，竟也有赋垂世，此诚难为能为也。一赋抵得三千文，从此乳山草木，亦闻正始之音。

行走于谱系之中，行走于传统之中，一方面有薪尽火传的担当与自信，另一方面又有无法排解的困惑与隐忧，这无疑考验着行路者的心力信念，也左右着行路者的抉择与取向。临岐而叹，遇悲而吟，古今不乏其人。

且夫利我与利他，空文与实利，独立与趋附，崇高与卑微，光明与幽暗，清晰与模糊，明确与茫然，如此对立，乃人生之两极也。人生天地间，无不在两极间彷徨取舍。传统的厚重，现实的迷惘，归属的虚无，无法承受之轻，逼人媚俗沉沦。于此境遇中葆有平正安然者，更见形上力量的巨大。行走于传统，行走于大地，从中获得的心灵能量，堪为人生根基。

金铭君之思想，以儒学为基，以立心立命为己任。同时略涉佛道，得其宏阔旷达。其为人谦和，言不事激切，口不论人非，文如其人，曛暖如香。

于金铭君的文字里，很少闻到凄苦之音，更多人生豁达与宽慰。思想的光芒，济世的温热，透过意象与情绪，开出温暖的尘世之花，芳香袭人。他借《行走》一文直言心声：

作者：金铭
出版：中国言实出版社
出版日期：2012 年 7 月

"岁月的行走，只是人生的表象，这些于山川草木、花开花落有关。在每个人的怀里，当然还有精神的行走。那是足可以补岁月行走之不足。少年的行走，不拘不泥，那是英气勃发的姿态；青年的行走，刚毅果敢，那是使命在身的责任；中年的行走，平淡稳重，那是经风沐雨之后的从容。在这些行走之中，其实一直有那些厚重的典籍，供你去对话贤者，让你迷途之时、松懈之际，心有所依，目有所及，虽前路漫漫，山水迢递，终可以拨开纷繁，洞见彼岸。午夜灯下，勤勤诵读，这就是心的行走。此行走上下五千年，纵横八万里，远接三坟五典，旁联美雨欧风，体用之中，皆为我所执。"

"所以行走者不孤单，行走者无失败，行走者在不断提高生命的质量，行走者在接续历史的简帛。"

"走吧，我们在路上。我们拥有未来。但我们必将都是历史。"

其文集取名《花落尘香》，其中寓意，可堪细酌：行走之人，流年在左，风景在右，行走之途，花香相伴，此其一也；花落随风，千岁有止，味之不厌，感慨良多，此其二也；落而成尘，尘聚留香，人生愿景，于斯不绝，此其三也。行走之间，贴近土地，贴近人文，其芳必醇，其香必秾。花落尘香，也让观者得闻思想者内心悟悦的芳香，其熏染世情也必久。

荒田，原名王成强，1969年3月出生于乳山市崖子镇河北村。1993年执教威海至今。坚持"文学即人学"的创作理念，追求"文字深婉，情感醇厚"的创作风格。现为威海市作家协会理事，环翠区作家协会副主席。散文作品散见于《山东文学》《时代文学》等各级刊物，在《威海晚报》辟有"微观故园"和"纸上乡音"专栏。已出版散文集《决溪河》《齐东云》，与徐承伦先生合著《威海传》。

钟岩松 ○

走出"被艰难包裹的人生"的指南

——读周海亮《一寸光阴一寸暖》

　　语言与作品不可遮挡地折射出作家灵魂的体温和精神审美的基调。当打开周海亮新近出版的美文集《一寸光阴一寸暖》阅读时，立时有一束明亮的、温情的、色彩斑斓的阳光，透过眼睛洒满整个人的心灵，你会觉得这个世界是高光打亮的世界：烟火的人间，原本如此温煦、和善而美妙！

　　海亮属于高产多产作家，已出版各类文学作品集三十余部，发表作品达千万字之巨，推出影视作品十余部，其跨界文本创作现象也为文坛鲜见，是国内最受青少年读者喜爱的作家之一。在拥有广泛影响的《读者》（原创版）《意林》《青年文摘》等杂志开设过红极一时的个人专栏，除了入选各种选本，大量美文作品还被选为国内各地中、高考语文考试试题或课外读物。我是海亮作品忠实的粉丝，其主要作品基本都认真拜读过，又是其闺蜜级哥儿们，喝酒品茶，聊天搓麻，隔日如秋，无话不谈，这样的相处也方便近水楼台先得月窥探一些他文字内外的隐秘。

　　在进入具体作品的阅读赏析之前，我先为我把这本编者和出版者规划散文集的文本自定义为美文集阐述如下的理由：美文比散文的概念外延更广阔一些，美文可以收纳任何美学属性显著的文本，从而不必投鼠忌器担心归类的准确与否；散文则以对"客观真实"的记叙为文本边界，无论记事纪实，还是论理抒情，无论所指对象是主观的，还是客观约，都不能离开"客观真实"的标准与范畴。通观本书所收纳的作品，有相当数量的小小说或寓言类充斥其间，难以厘清具体文本归属，故冠以美文集似乎妥当些。

时下写作圈里很流行一句话，谓"难度写作"。我有些困惑，这种难度是指内容上几乎没有处女地的写作对象，还是指技术上各种主义理念横生杂长的叙事方式？但是，土生野长的海亮好像没有遇到这些困扰。阳光可以照耀的，清风可以吹拂的，语言可以触摸的，文字可以互握的，都是他以笔为马驰骋才情的大草原。没有界桩封守的禁地，没有风头翘楚的隐欲，没有巉岩兀立的阻挡，因此他不需要虚凌，也不需要高蹈，更不需要克服或攀登什么，他只一如既往气闲神定心无旁骛漫游人烟巷柳之中，不时捧奉出手获心取的泥香花馨的"自产品"与我们分享。这种分享犹如家人亲朋的团圆宴，平等，自由，温暖，祥和，让身心沐浴在一派无以言说的感动和幸福的爱的惠泽里。像令儿子记忆一生、激励一生的《母亲的米》，像"那些让奶奶的生命得以维系"而奶奶却"每天吃药时，故意省下来"留给"对他的孙子来讲，却毫无意义"的《奶奶的药粒》；像成为富人而不忘每年义捐的"我始终记得很多年前，有一天，有一位富人，有很多人，小心地维系了一个四岁男孩的自尊"的《洗手间里的晚宴》；像《春光美》里乐观的目盲老人对因目盲而对生活感到沮丧的小女孩春风化雨的开导："只有用爱才能真正感受春天，读懂春天……只要你还相信春天，那么对你来说，这世上就还有春天，你的心中就会万紫千红。"于是我想，当作家摒弃令人鄙视的所谓高大上的伪巨人写作姿态和不屑注目的自呓自淫的侏儒写作姿态，放下灵魂身段如根系深扎于生活的大地平凡的世界时，笔下平淡的文字即会获得通灵般神秘之魅魔，焕发勃勃生机，从而加注作品滴水穿石的表现力、表达力和感染力。

《红灯记》里有句唱词"栽什么树苗结什么果，撒什么种子开什么花"，我倒是觉得把这种因果关系移植到作家与作品的关系中也是恰当的。通常说作品是作家的孩子，作品承继着作家的精神基因，作品的审美品相折射出作家的精神人格。海亮作品之所以能以其恒持的明亮和温暖，关照它的阅读者，赋予阅读者生活的信心、勇气和信仰，并由此斩获喜爱，泉源即在于海亮精神人格中厚醇绵软的博爱情怀，这是具备普世意义的人类情怀。作家伍泽在为海亮微小说集《属于儿子的八个烧饼》（中国书籍出版社，2017 年 1 月版）代序中记写了这样一件事："那次笔会一行二十多人，其中一个可爱的女孩是坐着轮椅来的，从她来的那天起，海亮自始至终全程陪护，我从没见过他离开女孩的轮椅。有时一个景点大家一拥而上，只有海亮不离不弃。"从中足以看到海亮人性深处的坚守善良。父爱母爱人间爱，亲情友情天地情，这可以归纳海亮这本美文集的主题。的确，爱是海亮全部文学创作的母题，他所有作品都清晰可见爱的胎记。——爱是人世间最强大最美好的代名词，爱无所不能地改变和战胜着一切灾难与厄运。《洗手间里的晚宴》，尊重之爱给了四岁男孩一生的尊严；《那一扇门》，信任之爱让一个小偷痛改前非变成了警察；《嗨，迈克！》，"谎言"之爱使颓丧在轮椅上的少年找回自信，成就为一个快乐且充实的诗人……一位被轧在车轮底下的父亲，用隐忍之爱传递给孩子面向困难的法宝，"微笑不是父亲唯一的表情。但无疑，微笑是所有父亲最重要的表情。在痛苦的深处微笑，那是爱和责任。"（《在痛苦的深处微笑》）在爱浪滚滚的辽阔精神疆域，海亮以爱耕耘着爱的花园，以爱传递着爱的火炬，以爱实现着爱的使命。

如何让老树吐新芽，枯藤绽鲜花，让一个守恒主题下的作品常读常新，这考量着作家叙事策略的优劣和叙事能力的高低。海亮无疑有着天外来客的奇思，也有着回春的妙手。他不断娴熟地变换摄取生活场景的机位，或长镜，或短焦，多视角观察书写对象的不同棱面，以陌生化叙事尽可能深度介入生活的多维空间，立体发掘主题的丰富内蕴。以书中书写母爱为例，海亮几乎扫描了展现母爱的所有生活细节：《嗨，迈克！》，睿智的母亲编就善意的谎言唤醒迈克走出病魔困扰带来的深深孤独，实现人生价值；《母亲的米》，慈善的母亲用一碗留在儿子成长记忆中的蒸米饭"感动"深陷事业困局而丧失斗志的儿子，使儿子振作精神，回到人生和事业的正轨；《属于儿子的八个烧饼》，遥路迢迢，忍饥挨饿，"整整二十年里，每逢七月初七，她的一点一点走向苍老的母亲，都会为他送来八个金灿灿的烧饼"，宽容忍韧的母爱可歌可泣！《一碗锅巴饭》，由舍不得吃到争抢着吃一碗"可以致癌"的煮煳锅巴饭，把舍己护犊的母爱展现得淋漓尽致；《母亲的一年》，与儿子一年的通话，母亲始终隐瞒自己的病情，直到去世也没等到儿子归家，却毫无怨言，"儿行千里母担忧"的母爱足可撼动天地！……一篇文章一个崭新故事，一个崭新故事一个叙事手法，一个叙事手法展现母爱一个独异棱面，通过这些不同棱面接连起来的巨幅母爱之镜，最终转化为能量巨大的光源，普照芸芸众生，同时我们也通过由阅读实现的拼接过程领略到作家匠心独具的叙事艺术造诣。

从纯粹的文本技艺层面来看，这部美文集中大多篇什的叙事视角基本采用全知视角，这样的叙事视角能够极大拓展作家安置自我叙述语言和文本跨界实验的自由度。作为成熟的作家，海亮的叙述语言已经形成了鲜明个性化的风格，他善用短句，巧用回环，精用意象，而极少刻意雕饰辞藻，这就使得他的语言简洁干净，明晓通畅，诗性优美，禅意缭绕，张力十足，精准到位。我曾经说，海亮应该进入诗人的队伍，不写诗是一种语言的浪费。语言于作品而言，不仅仅是叙事的需要，也不仅仅是砖瓦砌垒的风景墙面，它往往直接影响着作品架构、布局，以及整体呈现的审美风格与审美品质。语言在作品的起承转合各关节处都起着无以缺位的至关作用。海亮将语言的推进剂和助力器作用尤其发挥得精致达极致。以《嗨，迈克！》为例。启处："迈克得了一种罕见的病。他的脖子僵直，身体僵硬，肌肉一点一点地萎缩……他只有十四岁，十四岁的迈克认为自己迎来了老年。不仅因为他僵硬不便的身体，还因为，他的玩伴们，突然对他失去了兴趣。"笔落墨溅，明了奇突，青筋道道，却如春笋拔节，自然畅顺，在把人物以速写形式呈现出来的同时，也在弹性语言底里伏笔了命运悬疑，且一句"他只有十四岁，十四岁的迈克认为自己迎来了老年"巧妙为"承"留出了对接之榫。承处：用人物的心理活动惯性作为接续上文的卯，"十四岁的迈克曾经疯狂地喜欢诗歌。可是现在，他想，他没有权利喜欢上任何东西——他是一位垂死的老人，是这个世间的一个累赘。"折处："迈克愉快地笑了"，看似无意、却是神来之笔，一个与启承部分人物命运发展惯性悖逆的逻辑出现了，"他想，原来除了母亲，竟还有人记得他的名字，并且是这样一位可爱漂亮的女孩"。叙述此时开始沿着这个逻辑往下发展，人物命运也得以合乎逻辑滑行到一个符合传统阅读审美的"大团圆式"的搁笔收官阶段。然，高明的海亮自有其不凡之处，合处：凌空一笔如闪电从高空劈将而来，那面具有极强隐喻之意的"墙"兀立眼前，"不同的是，现在那上面，爬满密密麻麻的青藤"。当"有人轻轻拨开那些藤"的时候，有如一幕小品的包袱被哗啦抖开，母亲的模糊的字迹赫然出现："嗨，迈克！"——"嗨，迈克！"这蕴含气团状情感讯息的短句，倏然跃过对主题的呼应而呼啸着将整部作品的意境递进到豁然洞开的澄明大宇。而集子中大量文本跨界实验的作品也令人啧叹。海亮规避了传统寓教文本叙事之窠臼，将或小说的、或影视的、或戏剧的、或小品的等等叙述手法着力嫁接到他的美文叙事上，催生出非常新颖别致的文本新品，有童话味的《春光美》《一朵一朵阳光》，有蒙太奇般的《特雷西的单车》《娘在烙一张饼》，有寓言面孔的《穷人节》《一条狗两条狗三条狗》，有戏剧台词化的《母亲的一年》《对话》……使得这部美文集里的作品犹如异花盛开姹紫嫣红的春园，海亮奔涌的才情也在此尽情释放。

诗人里尔克说："我们的人生就是一个被艰难包裹的人生。对于这个人生，回避是不行的，暗嘲或者堕落也是不行的，学会生活，学会爱，就是要承担这人生艰难的一切，然后从中寻觅出美和友爱的存在，从一条狭窄的小径上寻找到通往整个世界的道路。"海亮的这部书集结了爱与善、真与美，因此它是阳光的，明亮的，温暖的，正能量的，它可以作为导引我们走出"被艰难包裹的人生"的指南。

作者：周海亮
出版：作家出版社
出版日期：2019 年 7 月

钟岩松，山东荣成人。1984 年开始在《山东文学》《飞天》《诗刊》等期刊发表作品，作品被收入多种选本，散文诗《柳笛》被选入人教版《语文》小学四年级下册群文阅读。已出版散文诗集《晨露集》、诗集《爱情季节》。系山东省作家协会会员、威海市作家协会理事、威海市音乐家协会会员、环翠区作家协会副主席。

洪

浩

○

告别机心，留住诗心与童心
——读张炜随笔集《思维的锋刃》

张炜是一个极具演说能力的作家，他像爱默生一样胸有丘壑，出口成章。除了殚精竭虑、一笔一画的创作，畅述心怀的言说是张炜著述的重要方面。这双重的表达，让他的艺术生命壮硕而丰盈。他的演讲可视为另一种写作，能令听者为之动容，为之陶醉，为之振奋，"听其言说，不觉忘疲。"言说，就严谨程度而言，固然不能与书写相提并论，但却有其独有的优长和意义。一些观点以直抒胸臆的方式说出，似乎更显鲜活与真实。

《思维的锋刃》正是这样一本说出来的书，它由演讲和访谈构成。二十五篇文章，有写作经验的分享，也有对中外经典文学的剖析与解读，所谈均由个体推及普遍，阐述的是对于文学、艺术乃至历史、人生的独到见解。这些经过整理和修订，然后印出来的文字，均真诚恳切、言之有物，读来令人醒目提神；回味之余，感觉收益颇多。因系现场直言，一些观点或许存在争议，但即使作为一家之言，其启发意义也不可忽略。本书在 50 卷新版《张炜文集》出版之后出现，称得上是作家最新思想的展示。

这是一些发自内心的声音，真实、鲜明地呈现了作家的文学观点与艺术旨趣。书中谈论最多的自然是文学问题，我特别记住的是作家重复强调的一句话："文学是心灵之业。"在此命题之下，其阐发总是劝勉写作者应该告别"机心"，努力留住"诗心"和"童心"。这是散见于多篇中而又贯穿全书的重要思想，必有深意存焉。在《小说的两个问题》一文中，张炜认为，"那种依赖'民族性'和'地域性'博取功利的策略，不过是一种机会主义"；而热衷于对"现代性"的模仿，甚至包括将写作目标明确地定为"永恒"和"未来"，也是一种功利心。而在《文学的兴与衰》中，作家则指出，"奔向功利的写作会拘束才情，折损诗性"，而"文学的意义，在于不断寻找或印证个人存在的意义"，"文学的勇气就是一生坚持追求真理，与各色机会主义界限分明"。这些话一律指向"机心"问题，是有高度、有分量的，它们显示了一个作家的觉悟，以及所坚持的文学品格，所抵达的精神境界。对于这个时代的读与写，张炜深深地表达了他的忧虑，但同时又自有一种笃定，并苦口婆心地劝勉写作者要重视族群的基本素质问题，同时也不必杞人忧天，"写好每一个字就好"。对于张炜而言，源自生命本身的写作就应该是平常心的写作、不投机取巧的写作，真正的写作者应该由勤恳与踏实达至纯朴和纯粹。

除了为文态度和作家立场方面的阐发，张炜还在《文学九节》《今天的书写文明》《写作中的"赋""比""兴"》《"活火山"是否喷发》等多篇文章中具体而深入地论及艺术之道。比如他对写作的"气"的表述，读来感觉颇有新意。"气"，这个出自中国古典文论中的名词，在他这里被赋予了新的含义和生长点。他认为作家的构思就是给文字躯体注入"气"的过程，"气"的强弱决定了作品的推动力，"气"的长短决定了生命的体量。还有，对于《诗经》中"兴"的认知或者说是重新领悟，同样是别开生面的。他认为"兴"可以"激活了整个文学气场，是一种自由"，其在当今写作中的被废掉是一种莫大的遗憾。此外，张炜还在多篇文章中论及作品的旋律之美，强调了语言之重要，认为"掌握了语言，就掌握了作品的灵魂"，也是极富洞见的。有几篇文章谈到儿童文学，张炜认为儿童文学并非"小儿科"，恰恰相反，其实是"更高一级的文学"，是纯粹的艺术，作家须"具备更高的文明修养，更好的语言能力，更开阔的诗人情怀"才行。在他看来，诗心和童心是文学的核心，而由儿童文学的写作进入文学，无异于按下一个开关，整个文学建筑会变得灯火通明，读者可以借此感受其永恒和内美。这些表述精辟而深刻，也新颖别致，堪称妙论，是一个有着近 50 年跋涉历程的写作者的经验之谈。有趣的是，可能因为在诸如《寻找鱼王》《兔子作家》《我的原野盛宴》等儿童文学的写作中，找到了某种纯真的快乐和平静的安慰，所以他在《持续写作及其他》一文中非常低调地总结了自己的创作，说自己在六十岁后找到童心，进入儿童文学的写作，是获得了一种幸运。

带有现场感的文字常常是率真活泼的，但我们掩卷之余，却会感觉到文本中的作家其心拳拳、其言谆谆。这是因为，作家并非在做无足轻重的闲聊，所谈多关涉时代病症，探究的是当下写作者的心灵如何安放的至大问题，一些话语让人有醍醐灌顶、茅塞顿开之感。

在当代中国文坛，张炜称得上是一个奇迹。当新版《张炜文集》以皇皇 50 卷的阵容出现之时，我们不仅会因其壮观而深受震动，而且可能会陷入沉思：这位作家怎么会有如此之多的东西要表达？可是，如果你认真读过眼前这本《思维的锋刃》，当会有所觉悟：一个优秀作家的高产，必然伴随着超人的勤奋，充沛的激情，饱满的诗心，持久不衰的创造力，持续不断的学习与思考，等等。这位写过《古船》《九月寓言》《你在高原》等堪称当代经典的作家，这位获奖无数的作家，对于艺术与人生，至今仍在苦苦地思索，在不倦地探究。

这样的一本书，称得上是一部诚实而别致、质朴而深刻的思想录。这些诞生于"思维的锋刃"之下的文字，常常带有剖析的意味，它提出并回答了很多问题，值得我们放下手机，好好阅读与领会。而如此正面而直接、新鲜而深刻的思想表述，在当代作家中其实是难得遇见的。所幸的是，从书的封底文字中，得知张炜的这类文字尚有一个"系列"，另有三个颇具诱

作者：张炜

出版：广西师范大学出版社

出版日期：2020 年 4 月

惑力的书名处于待出状态。那么，就让我们怀着期待的热忱，在不久的将来进入新的阅读与领悟。

洪浩，原名张洪浩，1966 年生于山东威海。作家，诗人，评论家。曾长期从事编辑工作，担任《威海文艺》执行主编十年。现供职于烟台市文学创作研究室，系烟台市作协副主席，万松浦书院驻院作家，鲁东大学兼职教授。著有长篇小说和学术著作多种，在《文艺报》《文学报》《光明日报》《中华读书报》《天涯》《名作欣赏》《散文》《中华散文》《山东文学》《百家评论》等报刊发表过书评方面的文字。选评或导读当代作家文学读本 15 册，作为特约编辑主持了 50 卷本的《张炜文集》（漓江出版社，2019 年 10 月）的编辑工作。

殷
汝
金

○

面对大海，不只想到远方
——读东涯诗集《侧面的海》

从某种意义上讲，东涯的诗是胶东乃至山东甚至中国地域文学的一个独特存在。就诗人诗歌的意象选择、意绪表达而言，从诗人诗歌的整体规模及其以"大海作证"的"不变"载体来关照，东涯确是一位把地域题材的书写，提升到一定高度、宽度和深度的诗人。尤其她的诗集《侧面的海》，凸显的独特意义，已大大超出其文本本身。在《侧面的海》里，大海和海岛，海岛上的一切，已成为诗人理想、信仰表达以及诗人人生探求、哲学思辨生根落地的不二选择。

一片迷人的海

诗人在大海边的海岛出生，广阔大海与海岛是诗人的母地，那里有诗人的真身血肉和她"诗歌的血肉"。诗人洞悉大海、海岛万物存在的意义，将广阔大海与边地海岛、海岛风物、渔家风情……声息连结，用深刻感悟、敏锐思想和唯她这样的诗人独有的视角，把与大海、海岛有关的物事物象纳入思想的视野，"目光奋力抵达并穿越灰烬、绝望、厄运、葬礼、挽歌、灵柩和消亡等充满悲剧气息的事相"（评论家李掫平），从中提炼"生存与生活"的哲思睿想心灵感悟，为我们塑造了"侧面的海""心中的海""不需要证据"的海……一片迷人的海。

其浩瀚而具象、浑厚又立体、粗粝蕴精致、缠绕并清晰、深思且辽远等等的意象意绪，是诗人借助自己在海边的生存与生活，长期浸润其间并在心中萦思了千遍万遍的"这一片"大海，"这一个"海岛，蕴于体验、思索、洞察之中，做出的或见微知著或广博深远，或蕴含艰涩或通俗明了，或泪眼朦胧或冷静理智，或难免惶恐或持之有故的诚挚、诚恳传达、述说。

在东涯的诗里，位于祖国东方这片神奇的地域——大海"石岛"，已经成为诗人一种崭新的、不可替代的价值判断，一种强烈的、意义典型且非凡的地域文化符号。诗人不遗余力地书写着，柔声歌唱着。就像莫言笔下经营的"高密东北乡"，马尔克斯笔下经营的"马孔多小镇"。实际上，每个作家、每位诗人都要经营属于自己的一片区域、一片疆界，这片区域疆界或是实有的，或是虚拟的，但最终，都会成为作家、诗人心灵的载体。在他们那里，区域、疆界的虚与实、真与伪，已无实际意义。东涯经营的大海石岛，就是诗人东涯经营的一块心灵地域疆界。而这块地域疆界上，与大海、海岛有关的万事万物，只有到了她这样的诗人这里，才有了别样的品质、意义，才令那些能够读懂她诗歌或者说可以体会她诗歌的人，和那些真正热爱生活、懂得生活、真正体悟了生活的人，过目不忘，留在心中大海是一片神奇的疆域，令人着迷。生活在海边的诗人，对大海充满深情，大海风物和渔家民俗、风情以独有的诗性，开启着诗人诗歌的灵感和触觉，诗人以强烈的情感为底色，将心灵深处的恋土怀乡情结，尽情抒写。在组诗《侧面貌的海》中，如《致心中的海洋》《潮间带》《渔家姐妹》《织网的女人》《小浪花》等几首诗，诗人对这片辽阔疆域极尽讴歌。"渔岛小镇"以及渔岛小镇的"潮间带""小浪花""渔家姐妹""织网的女人"……这些充满乡土气息的原生态，随处可见。诗人以鲜明、丰富的意象群，构建了广阔丰富的抒情画面，让与大海、海岛有关的形状、声音、味道、行为和自己的感觉、思想高度融合，创造出她大海诗歌的独特意境，尽管这些诗带有诗人强烈的个人意识。但那浓郁的大海情结，充分体现了东涯对这片大海和海文化的亲近感，凝结着她长期浸润其间的一种文化情愫和对大海对故土的深沉的爱。

尽管诗人为我们塑造的是"一片迷人的海"，但如果我们要用背景音乐来关照诗人的"这片海"，非《斯卡布罗集市》那样优美悦人的梦幻曲，而是如贝多芬音乐蕴含的那种生命的壮美的一次次回荡。

"一片迷人的海"，也许是诗人关于大海意绪阐发的初衷，这种初衷，随着诗人思想哲学意向的不断扩展、提升、飞跃或者说一再修正，已发生了质变。"在有海风的背景中""探求生命和生存的奥义"（评论家唐燎原），已成为诗人诗歌后来的强烈、一直的追求和诗思发声。

一片思想的海

诗人孙方雨说东涯的诗歌宗教是大海。这话不无道理，"大海就是东涯隐喻世界的终极指向"，或者说诗人以大海为立足点，展开了她心灵的寻找之旅和思想的终极指向。是的，东涯是把她整个心灵放进了写大海的激情诗行之中的。她说："大海的广袤与深邃——或许就是大海本身——总让我想到远方：那无法抵达之处才是心灵安息地。"大海"把我渴望远行的灵魂一次次强行带回岸边……我渴望通过有节制的写作获得面对自然和生命时不可替代的欣悦或痛苦，进而证明大海作为背景既作用于我的生活，也修正过我的心灵……漫步在石岛的海岸线上，我想，那在海上寻找航线的目光是多么不合时宜，那不放弃向大海致敬的胸襟多么值得我神往。"从这段话中，我们不难看出，诗人最终所要表达的是什么——是什么？是诗人心灵中"海水不能浇灭的火焰"在"有限的世界里熊熊燃烧"，是诗人对一片疆域的哲学思索和叩问的坚实回应。她将大海确立为她生活的唯一"证人"，见证这个时代，验证她个人思想指向。"用海水的咸验证生活的微甜"。唯有如此，东涯才写出了有血肉、有骨骼、有痛感、有生命的诗；写出了气象广阔、思辨性强，和"尽可能地给多难的生命以温暖和慰藉"（评论家唐燎原）的诗行，显示出冲击心灵、震撼魂魄、超出诗意以外的力量。

身处海边的东涯是这样一位诗人：善于把自己看到的、感悟到的与大海有关的事物、物象，置于大海之辽阔背景下，把内心的律动和这些事物、物象紧密结合，深入掘进，反复思考，赋予浓郁的思辨色彩。东涯的诗从不吟花弄月，更不顾影自怜，思考是她诗的本质，"被一种亡灵性的信息笼罩"（评论家唐燎原）是她诗歌表现出的常态。而其恒定的人生观、自觉的社会意识以及哲学思辨等多种功能因素，却在独特的、独有的语境中被深刻表现出来。因而，才有了她诗歌的沉甸甸的思想内涵和明显的开启心智的力量。东涯诗歌意蕴是一种被巨大诗意焕发出来的深刻思想使然，这种对客观世界独辟蹊径的构建或者说创立，给人的美感、慰藉和思索、回味，有着持久的生命力。正如诗歌评论家孙基林所言，东涯的诗"就是她的人生，她的存在，内中既有生命的气息、纹理，又有灵魂的飞扬、厚度"。譬如她在长诗《绿如帷幄》中的最后一节：

> 我看到，众多的是，和不是——
> 不是海水，是盐。
> 是本质，不是物象——我看到……

笛卡尔样的哲学思维，莱蒙托夫式的象征主义，东涯的创立构建的实现——闪现的思辨光辉，令人久久回味。

读东涯的诗，我有这样的感受：她的诗与生活不是线性比照关系的简单复述，而是不可思议地呈现出了格外风起浪涌的"存在之思"的面貌，传达出的意绪，是诗人对生活的长期浸润后自动地从时间的水面浮现上来的，是对生活深思之后的某种提炼甚至总结，如：

> 现在我只相信朴素之美
> 是生活和阅历筛选了我的个人好恶
> 我一次次折返内心是为
> 听涛，看白鹭云的翅膀掠起惊涛骇浪
> 人到中年，我需要这种深情
> 需要用海水的咸验证生活的
> 微甜，用海的尽头丈量生存之永恒
>
> ——（《朴素之美》）

诗人把对当下生活的感受，作了精心处理，染上了超越生活之上的思辨色彩，构成了对生活的智性审视，建构了一个属于自己的世界，以安放或寄存自己的灵魂。

　　一段残缺的历史没有多少意义

　　一切都在消解，逝去

　　走在海边的男女

　　只是一瞬间的一瞬：海水滔滔

　　仿佛流逝的只是流逝，而他们

　　只是在不眠的海上

　　在港湾的摇晃中随波逐流

　　走在海边的男女拥有一个大海的

　　安静——风暴藏在深处

　　漫长的海岸线拒绝儿女情长

　　一段残缺的历史没有多少意义

　　一切都在消解，逝去

　　挂在船舷上的夕阳，以及岸边

　　那些暗淡的脸，那些忧伤

　　　　　　　　　　　　—— （《侧面的海》）

　　很显然，诗人这里不是在写他人而是在写自己，她在表达她的一种焦虑，甚至一种忧伤，但暗含着一种对远方的渴望。诗人不满足"一段残缺的""没有多少意义"的历史，也不想象"海边的男女"那样"在港湾的摇晃中随波逐流"，看不到"藏在深处"的"风暴"。诗人尤其不想将自己仅仅局限于"侧面的海""安静的海"。诗人渴望远方，渴望远方的丰赡、雄阔，渴望丰富、辽远的人生映照的多姿多彩。

　　于是，从"侧面的海"开始，诗人将大海和石岛完完全全作为一个载体，进入到自然的和心灵的深处，开始挖掘、提炼、升华。

我拥有别人听不到的涛声

在灵魂附近日夜回响

活在海里的人和我对话

只有我能听懂他们的渴望

潮汐中的奔走着，在海水里

晒盐的人，晒脊梁，晒命

海鸟声之外是轰鸣的马达

渔船在浪潮中驶往远方

我拥有别人听不到的涛声

在多出来的幸福里日夜回响

——（《涛声》）

为什么只有我"拥有别人听不到的涛声"？为什么"只有我能听懂他们的渴望"？此诗不在于表面所显示的"涛声"，而在于在"别人听不到的涛声"中所显示的作者对所谓涛声的深刻体悟，那是"日夜回响"在"灵魂附近"的声音！唯"有我能听懂"，读懂。（那可能是诗人灵魂的孤独回响）。涛声、潮汐、海鸟声、轰鸣的马达以及晒盐人的"脊梁"，构成了全诗的空间意境，唤起了读者的无限思索和回味。

在《渔岛小镇》《疑问》《看海》《到海底去》等几首诗中，通过多个大海的意象，如：锈蚀的缆绳、石头垒起城堡、海草的气息、低飞在海面的白鹭、渔网、鱼篓、加吉鱼、能感觉出重量的波浪、潜流暗礁、海底的城墙遗址等等，诗人始终在表达自己丰富的内心世界：沧桑、孤独、忧伤、焦虑，有时也显示轻柔怡然但不易觉察的愉悦。这些诗歌，似乎应该是一首诗的分段，意绪连贯，传达出诗人对人生的思想深度，为读者"提供一片精神的疆域"（诗人蓝野评东涯诗语），并道出人类的生存境况："小镇浮在海面上，我们浮在人世间"（东涯诗）。

然而，挥之不去的"幽僻""虚无""沙尘""暗影"，始终在强烈地"敲击"着诗人的灵魂，诗人"要在日落之前赶到海底/把倒下或正在倒下的，从根须的末梢/小心地一一扶起"。悲悯情怀，急切心情，呼之欲出。

站在大海边的诗人东涯经常说："面对大海我说不出话来。"我们认真阅读、体会诗人那些写大海写海岛的诗歌，或许会明白："面对大海"，诗人是怎样的一种"说不出话来"。其实，诗人"面对大海"有很多"话"要"说"，诗人已经把自己和有关大海的心里话细纠道出了，但那已经不是一般意义上的"说""道"，一般意义上的倾诉、叙述，而变成了诗。（诗又是什么？按照戴望舒的说法是"以文字来表现的情绪的和谐"），诗人"面对大海"所谓"说不出"的"话"，已经是一种超越意象，超越表层意义的对生命的憬悟、感知，其审美趣味和意蕴、意绪的深刻、透彻，完全超越了主观表达，而成为一种极具哲学色彩抑或深刻现实意义的文学主体。

这时，站在大海边的诗人东涯，看到的，已不止"海平线上无垠的潮涌"和未知的远方——远方的幽微和辽阔她已洞悉，心灵的映照无比鲜活。

东涯诗的个人风格非常明显。作为当代诗人，其诗歌创作的艺术品质和思想性和诗质的庄重严格、语言的雅驯精致、意蕴的阔远深涵……已经达到了相当的高度。

东涯属于真正意义上的诗人。东涯的诗集《侧面的海》值得反复品读。

作者：东涯
出版：中国戏剧出版社
出版日期：2013 年 11 月

殷汝金，山东荣成人，笔名槎山学子、潮生。山东省作家协会会员、荣成市作家协会副主席。出版散文随笔集《海的味道》，获威海市"文学艺术奖"和荣成市"文艺精品奖"，被荣成市列为"农家书屋"阅读书目。

高玉山 ○

解读全真道的《昆嵛紫气》

读完王钦法、王涛著《昆嵛紫气——全真道始于胶东历史探谜》一书，感受颇深，我觉得这是一本不可多得的全真道研究力作，值得推荐给热爱、关注胶东文化演变、发展的人士一读，你将会对古老胶东有一个新的认识，更加体会到"胶东半岛，这是抓一把泥土就能攥出古老文明液汁的地方"。

说起全真道、王重阳、七真人，大多数人并不陌生，其中金庸的《射雕英雄传》起了很大作用。可是谈起全真道的创建和教旨、发展和兴衰、传播和影响，又可能许多人语焉不详。作为发祥地的胶东地区，理应成为后人探讨和关注的热点，此书就是系统、全面探讨这一历史现象的力作。全书洋洋40余万字，分上中下三编。上编《坤厚载物》设"文化：得天独厚""仙话蓬瀛""一方水土蓄一方势"三章，介绍了北宋以前胶东文化的历史发展、地域特色及其对全真道兴起的影响。中编《出类拔萃》设"王重阳：始创全真""北七真：宏道鼎教""衰微：明、清""与时俱进：沉浮、变通与新生""全真：性命双修""晨钟暮鼓循规戒""桑梓寄情"七章，介绍全真道在胶东地区的兴起及其流衍。下编《流风余韵》设"紫府洞天之门""文艺中道韵衍延""饮食与养生""避邪文化"四章，介绍全真道在胶东地区的文化遗存及其对胶东文化的影响。后设《全真教道行大事记（1112—2000年）》《胶东道教名山宫观及五会分布图》两个附录，可谓详也。仔细阅来，全真道的来龙去脉、发展过程、社会作用、历史影响，就像一幅画卷清晰地展现在你面前，许多地方使人豁然贯通。

金元时期创于胶东半岛昆嵛山的全真道，是中国北方声势显赫的最大道派，曾经成就了中国道教史上的一个辉煌时代，对后世胶东、山东乃至我国北方社会文化产生了深远广泛的历史影响。作者在介绍了北宋以前胶东文化的历史发展、地域特色后指出："道教全真派发韧于 12 世纪 60 年代的胶东昆嵛山绝非偶然，它的诞生壮大与这一区域独特的经济、社会、政治、文化、传统、地理等诸多因素密不可分。"从该书我们看到，全真道的兴起有社会历史、民族矛盾、道教自身发展等多方因素合力的作用，同时也是胶东文化孕育滋养的结果。没有道、释、儒三教和谐并存的胶东文化，吸引不了王重阳来胶东传播他的"三教合一"的新教；没有历史悠久、深厚的道、释、儒三教并存并荣的胶东文化，也诞生不了"全真七子"；没有"全真七子"对"三教合一"的全真道的继承和发展，也就没有全真道在全国的振兴。接着，作者对这一过程作了丝丝入扣、令人信服的叙述，对王重阳及七真人作了浓墨重彩的描述，使其形象跃然纸上。通过此书，使我们生动形象地看到了"人创造宗教"的全过程。

全真道兴起于各种社会矛盾空前激化、兵连祸结的金元之际。在此时期，王重阳举起全真教的旗帜，为的是留住中国传统文化，把传统文化保存于宗教社会、民间社会。通过此书，仿佛听到了五次被金廷宣召的王玉阳，在谈论教法规仪治国养生之道时"妙沃帝心"的对答；仿佛看到了被尊为"神仙"的丘处机与一代天骄成吉思汗雪山论道的场面，他用自己的智慧赢得成吉思汗的极大敬重，凭着虎符圣旨，挽救了大批口原人，庇护了很多人的生命财产……

可以看出，该书是一部严谨的学术著作。作者纵横时空，旁征博引，引用资料书籍文章百余部（篇）。虽然不少处有自己的独到见解，但把握得当，没有妄加推断。

尤为可贵的是，该书通俗易懂，深入浅出，既有专业性、学术性，又有知识性、趣味性。该书用三分之一的篇幅，叙述了全真道对胶东地区社会文化、经济、民俗民风、宗教信仰、文化艺术、建筑、饮食与养生、避邪文化的影响。作者从容不迫，娓娓道来，在描绘了胶东宫观印象后，又对这些被道风浸染的胶东民俗民风作了入情入理的描述。看了那些影响至今的看风水、造屋上梁、剪纸绘画等民俗民风的文字，不禁使人会意一笑，追根溯源，原来这些都是经过全真道浸染、糅合而来的啊。

英国教育家阿诺德曾说："宗教是最深刻的人类经验之谈。"此言甚是。作者在谈到这种影响时说："儒、道、佛是在中国封建社会中影响最大的三种思想文化。'三教'中的道教，是中国古代唯一土生土长的宗教，对我国封建社会各个时代的政治、经济、学术思想、宗教信仰、文学艺术、科技以及民风民俗等各个方面，都有重要影响，甚至延续至今。道教文化是中华传统文化的精华之一，其涵盖面极广，有人说在中国封建社会后期，整个中华民族文化均染上一层道教色彩，这说法不无道理。作为全真道发祥地的胶东，道教文化的影响更浓于他域，'至今父老犹乐道之'。"

作者王钦法毕业于山东师范大学历史系，曾任乳山一中校长，后任职于教育局、文化局、党校，是一个生长于斯、对当地古文化史又颇有兴趣的探索者，工作之暇，几倾全力投入烟威地区古文化史的探究之中。他深深爱着胶东半岛这一块生长神奇的土地，这一片弥漫灵气的山川，这一座巍巍哉仙山之祖的昆嵛山。他在另一篇文章中曾说："文化是经济发展的摇篮。从一定意义上讲，弘扬威海地域文化传统和人文精神，恰恰是保持威海发展的最深刻的前提。"举数余年之力完成此大作，就是他敏于思考、勤于笔耕的结果，也是对他的这种精神的最好注解。感谢他为弘扬威海地域传统文化，发展社会主义先进文化所做的这份贡献。

作者：王钦法　王涛

出版：齐鲁书社

出版日期：2007 年 1 月

高玉山，山东乳山人，1954 年生。中华诗词学会会员、威海诗词楹联协会理事、乳山市作家协会顾问。曾获"齐鲁书香之家""乳山市首届文化名家"称号。著作有《乳山文化通览》《红色乳山》等。

浬鎏洋

○

生命放歌　素美依然

对生活充满激情，对人生充满热情，对朋友充满友情，对亲人充满温情。手捧张敬滋的新作《生命放歌》，让我的心久久不能平静。这用素美的心灵吟咏的生命之歌，让我产生无尽的联想。

我和敬滋是老朋友了，我永远不能忘怀，在我的人生处于苦闷彷徨，困惑尴尬之时，是他以友情的温暖，让我得到心灵的安慰。当我一个人孤单地度过乳山喧闹的春节时，又是他放弃了与家人的团聚，把我请到饭店，度过那让我倍感友情幸福的除夕之夜。在他身上，让我亲身体会到他对朋友那豪放的真情。出于此种心情，品读他的诗作，倍感亲切，也更加感受到他对人生，对生活，对亲人，对朋友的情真意切。

敬滋的诗章在用心灵发出对生命的咏唱，用真情抒发对生活的畅想，用火热的情怀去歌颂真挚的友情。是大乳山给予他文学的滋养，是黄渤海，给了他以豪放的情怀。他的诗，细腻中有奔放，风花雪月中，有男儿的情肠。

《季节篇》让《春茶》的芬芳，沁醉《春风》，用神圣的理念去《春耕》，梦的《春光》展示《春天之美》，带着无限喜悦的心情去《春游》，《春雨》淅淅，沁润那潮乎乎的双眼。带着一份火热，在夏季，聆听《敬重生命》的心灵之歌，远观希望的《田野》，《麦子熟了》涂抹着油画般的《五月的光彩》。《夏日的纳凉广场》承载着歌声与欢笑，沐浴着酣畅淋漓《夏天的雨》，浇灌着信念的成长。带着成熟，仰望秋日《九月的天空》，用《落叶》抒发《秋天礼赞》，《秋收》收获金色的梦想。在《冬夜》里，时光老人在进行《冬的诉说》，《贺年卡》有多少友谊的情肠。《红火的年集》，演绎色彩缤纷的生活。最《怀念那个冬天》，永远珍藏着富有风情的《年味》。《享受冬天》，就是品味苦辣酸甜的生活。

《礼赞篇》用《白玉兰》的精魂，去谱写《超越梦想》的诗篇。《窗外的柳》抒发绿色的畅想。冬日里《大棚草莓》，吟咏着春天的歌谣，《吊兰》在风中摇曳。《假如我是一朵菊》，在教师节献给美女教师，告诉她《你永远是我们的天使》。走进《秋天的果园》，梦想孕育出沉甸甸的果实。《山泉》奔流，《水仙花》圣洁，《无花果》甜润，吟一首《咏荷》的诗章，再让《晨拍的摄影师》拍下这时代的画图，彰显《生命的力量》。《世界因您更美丽》，我们在用智慧与创意，去铸造《生命的丰碑》。

《励志篇》，《从春天出发》，在广阔天地《放飞心灵》，《你好》祖国，为实现中国梦，《让激情飞扬》，我们用文化自觉，《相信未来》是一个和平美丽的世界。在温馨的春日，《享受夜晚》，再用脉脉亲情欣然命笔，《写给高三的儿子》，那是无限的寄托与希望。人生永远要《心存美好》，《幸福是一种心态》，用我们火热的情感去《迎接春天》，《拥抱激情》那是《珍爱生命》的体现。满怀豪情《追着太阳奔跑》，一个辉煌灿烂的前程，永远向我们召唤。

《乡情篇》是无限亲情的眷恋，滋养我的是蕴含丰富的《大乳山》。透过《父

作者：张敬滋
出版：团结出版社
出版日期：2016 年 6 月

亲的老花镜》看到他那被岁月雕刻的容颜。《怀念奶奶》和《奶奶的老屋》，还有《母亲的小菜园》。姐姐的情怀，父老乡亲的容颜，《老去的故乡》有多少眷恋，《有一种爱》不仅仅是《为你而歌》。《最好的庆生》是亲人相聚，喜笑开颜。即使千言万语也无法表达对母亲家人的情怀，有了温情、亲情、友情，人生的路便天广地阔。

一部《生命放歌》，诠释着人生的理念，用心灵咏唱，抒发波澜壮阔的人生宣言。

涅鎏洋，原名李桂春，原中共内蒙古鄂伦春自治旗旗委常委、宣传部部长。中国作家协会会员，著名大自然经典文学作家。已出版文学专著45部。《猎犬贝特森林奇遇》（四卷本）获国家新闻出版署第八次向全国青少年推荐优秀图书。《大兴安岭黑熊部落》（四卷本），其中《黑熊报恩》荣获2015冰心儿童图书奖。

梁翠丽

○

虚空中的花朵

——《无花果落地的声响》读后

 我喜欢有真意的文字。文学作品无论如何写，失却了对大千世界内在探索的真意，便没有立得住的风骨。被亦夫先生的文字吸引，源自他文字的真意。

 先生文字的主旨均基于生命芸然的悲悯。日常生活里人浮于世，如海上小舟，总是被一个又一个浮相牵引，叠罗汉般地因果串联，在来不及思考什么的时候，已经被一些巨大力量裹挟，成了海上浮萍，无舟楫可泅渡，无彼岸可抵达。巨大的欲望，撑起蝼蚁般的人生，极少有人基于更博大的空间，思考人类存世的价值与意义。亦夫先生对世事始终保持更高维度的觉知，以其独到的观察视角及人格操守，构建起的一个又一个故事。无论愤世嫉俗的鞭挞，还是温情脉脉的赞叹，都如一剂良药，引起驻世的思考，这是他的良善，亦是他的情怀。

 小说《无花果落地的声响》就是其代表作之一。它以作者旅居的日本为写作背景，从一个看似正常实则超出正常想象的日本家庭为起点，从生活的点点滴滴，经由"死亡"淬炼，实现自身生命意识的觉醒，表达了强烈的人文关怀。

 小说情节很简单，没有大开大合的矛盾冲击，只是像串珠子一样，把可以表达个体思考的人物串联在一起，让他们在各自的生命空间，演绎相应的故事，而自己就像个织网人，平静地织着这张大网，没有预设结局，没有预定目标，只是顺着网中人物的各种生命形态演绎，自然走向最终的结果。

最有意味的是，读者在阅读中会不知不觉地被吸引着成为"网中之人"，并产生相应的力量，共同参与故事的最终走向。也就是说，小说最后的结局是包含了所有与之关联的实与虚的整体力量。

这应是一个成熟作者最终的心理走向，对待自己的作品与读者，给予了双方面的成长空间，允许作品经世之后出现的一切可能。

这种奇崛的写作手法，令人叹为观止。

小说采用第一视角，从"死亡"写起，以断裂的生命背景，通过纵横两条线索，开启了重构之旅，拓展了读者的认知视野。

第一条线索是纵向关系，是主线，由"死亡"的岳母惠子串起，以家庭为背景表达了"消失的力量"对人的影响。主人公罗文辉旅居日本，以写作为生，家庭成员包括岳母惠子、智障的妻子桃香和"说不清楚"的儿子井上勉。与之对应的是国内保守的离休干部父亲与普通工人家庭的妹妹一家，人物关系简单。作者以岳母惠子的死，对这个家庭产生引发的"蝴蝶效应"，串起了这条线索上的故事。

第二条线索是平行人物关系，是副线，由与主人公生活关联的各个阶层的人物串起，以社会为背景，表达的是"生"的状态所蕴含的种种"死"。期间人物，虽各有因果，迷迭丛生，却彼此相连。也正因为这些看起来不起眼人物的不同命运，才构建了当下。存在，是因，也是果。

从主线来看，"死亡"带给主人公罗文辉一家的力量首先是个体身份的体认。

岳母惠子在世时，桃香是惠子的女儿，井上勉是她的外孙，主人公是入赘的女婿、桃香的丈夫，而内在对这个身份却说不清道不明。潜意识里桃香和井上勉二人，在他心目中也没什么存在感，对惠子隐匿的情感，亦只是个人内心世界的律动，是个充满内心矛盾的个体。他个人身份游弋，工作与生活几乎都处于边缘状态。

惠子离世后，他的生活发生了根本性的改变。尤其是面对妻子桃香和儿子井上勉，他再也不能漠然置之。对桃香，他有了照顾的责任；对井上勉，他有了管教规制的义务。面对生活的各种矛盾与冲突，他逐渐在承担与博弈中，获得了个体意识、个体身份的体认，自身形象慢慢清晰，个体力量也慢慢回归。

惠子去世，家庭里占主要力量的人消失了，固有生活方式的改变让主人公回归当下，并意识到自己是旅日作家罗文辉，也是"井上正雄"——桃香的丈夫、井上勉的父亲，是两种身份的叠加。所以，小说在情节安排上，给了这两种身份充足的发挥空间，安排他们在日本和中国两个地域使用两个身份与各种相关的人物产生关联，而主人公也经由这两个身份，进一步进行了身份体认。最终随着各种矛盾的消解，人物实现了个体成长，保持了自我觉醒。

而妻子桃香的个体确认，是通过她失去母亲惠子之后。随着桃香生活能力的逐渐提升，对主人公表现出来的关爱以及对儿子井上勉的规训，她作为妻子和母亲身份逐渐明晰。此前，智障的桃香，一直被主人公当作"女儿"来善待，桃香对主人公的称呼，也一向是"爸爸"。儿子井上勉对桃香的照顾，也不是出于一个母亲的身份，而是对一个弱者、一个需要保护的人情感。惠子离场之后，桃香逐渐在与自己适配的位置和事情上，认识到自己的身份，也有了力量感。

儿子井上勉的身份体认，是个很有意思的事情。他身份玄妙，来历不明，真实的血统无法界定，但"老罗家的骨血"却堂而皇之地成了井上勉的标签，尽管主人公始终在一次次厌离一次次接纳中，否定着又肯定着，肯定着又否定着，井上勉作为儿子的身份始终不能完全被接纳，甚至算不上是"局部的真实"，而是由各种元素推动组合成了"怪物"，不知如何安放。所以，这个人物的自我体认，一直在叛逆中进行。由叛逆形成的对抗力量，是他们父子之间彼此体认的方式。惠子去世之后，井上勉的叛逆超过寻常。但无论如何，没有什么是死亡不能解决的，就像一场大雪的来临，一切都在消亡中结束，也在消亡中自证。井上勉身份就是在不能够准确认定当中被体认。

一个人自我意识觉醒的重要标志对自我身份的体认。有名则有实，名不正则言不顺，认识到个体身份，才能在多重关联中不受限制，时刻保持独立思考，从而形成自我发展的整体力量。

其次，惠子的离世，主人公在自身身份确认之外，随之也生发了自我成长力量。

在作者搭建的世界中，各种力量通过彼此干涉、融合、运行、淬炼实现重生。死亡，是第一层次的干涉，这意味着原有时间线的断裂，原本的生存状态产生了割裂，形成另外一种生存状态，这需要自身力量的融合与重组，由此重生。但没有觉知与觉醒，重生只是梦想。

因惠子离开而导致的家庭秩序的失衡，给主人公很大的冲击。消失带来的虚空，让他倍感失落，但随着时间的推移，作者也在体认新的秩序中，慢慢接纳了新格局并找到了力量的回升。

主人公原本以为那个让日子井然有序的人死了，一切都会乱套，而真实的情况是，这仅仅是杞人忧天。"人们对生活变故的焦虑，其实并非缺乏应对的能力，而只是源于对习惯的过分依赖。"这让他意识到，所谓的消失只是形态的改变，并不是真的消失，反而以一种虚空的状态，强烈地占据着空间并发生力量，这种力量甚至大到无法忽略它的存在。

惠子因离世而生发巨大的存在感，让他对虚无与存在有了新的理解。最终明白：死，作为线性时间上的节点，是终点也是起点。生与死，不过是一次能量转换。从这个意义上，主人公作为觉知的个体，已经打破了生死局限，实现了个体能量跃迁。

桃香的力量变化比较鲜明。一直被当作孩子看待的桃香，在小说中的人设是智力有障碍的女主。甚至在惠子的葬礼上，桃香依旧是智慧未启，心智未开，是生命无力感的象征。但随着生活的一点点推演，惠子位虚带来的空白，很快让桃香意识到格局的变化。她自我身份的认同，在处理各种生活琐事表现出的力量中一点点鲜明起来。

桃香的成长取决于她语言和行动的不断变化。先是爱好和兴趣产生的变化，由玩沙漏到绘画。沙漏是时间的象征，而绘画，则是自我意识的主动表达。桃香的这一变化直接指证个人力量的提升。意识的变化，生活行为也随之产生了相应的变化。

如果说，桃香单纯的世界有了变化，只因为关注到了主人公口味的变化，并不能足以说明问题。在训斥儿子井上勉上有了突破性的转变。

这完全是一个正常母亲对儿子的训斥，在母子惠子离世之后，桃香终于走到自己应有的位置上了——井上勉的母亲。

井上勉是一个矛盾生命体的集中代表。他的力量感体现在对主人公的叛逆。

叛逆，从传统意义上来说，意味着破坏与否定，意味着逆向而行，小说中这个孩子的叛逆力量恰恰与主人公形成彼此身份的体认。他"破坏"了作者身份确认的局限，破坏了很多主人公赖以维系的情感链条，显现出另外一种生命格局。不管是他对主人公的叛逆，还是与爷爷过密的关联，引发主人公的不满，都很鲜明地彰显着个人身份。不管来历如何，作为"老罗家的骨血"和"井上正雄儿子"的身份，确实在现实生活中无可指摘。

如果说，小说通过第一线索实现了对死亡的理解，那么另外一条线索就拓展了死亡的边界，并给出了向死而生的生命走向。

在作者看来，死亡的事物不仅包括看得见的生命实体，也包括因关系断裂造成的各种失衡。作者通过小说中各种人物的关系与命运走向，表达了这一点。

与主人公罗文辉联系紧密的邻居三木家母女、他曾经的房东佐佐木太太、朋友毛燕北、古谷、安藤，也包括并不熟悉的学生内中千夏。他们存在于不同的生活背景中，以各自命运轨迹为线索，演绎着种种"死亡"。

邻居三木与女儿明珠的矛盾冲突，在婚姻死亡的同时，生命随之消失；房东佐佐木太太入院后不久离世；朋友毛燕北婚姻失败；古谷的突然消失；安藤内在支撑力量消失之后的追索；内中千夏对主人公爱而不得之后的自杀等等，每个人物都在既定的命运中体验着消失的力量。有的力量是重生，有的力量是耽溺，有的力量看得见，有的力量看不见，但最后的皈依，都无一例外体现出超越死亡本身的认知，有了向死而生的淡定与坦然。

佐佐木老太太去世后，"他儿子平静地说：不必难过，她那么大年纪，死亡不见得是坏事，对自己和家人都是解脱。"

三木太太一直生活在怨念中的女儿婚姻失败选择自杀身亡之后，三木太太则呈现一种反正常方向的豁达与洒脱，"她的豁达和对一切苦难的顺承，更显出一种博大和深刻的仁爱。"而面对自己的酒鬼丈夫，她一味放纵，说"没有酒，他父亲活着了无生趣，活一天就痛苦一天。生命本来就短促，所以我选择了宁肯多打一份工，也要保证他有足够的酒喝"。在内心质疑的同时，主人公表达了对她的感动，原因是："回想自己的半世人生，我觉得似乎都活在一种妥协和自我囚禁中。"自我囚禁与开放包容，主人公在与他人的生活比较中，内在自我矛盾也在一点点消解。

而毛燕北在婚姻失败之后，并没有选择颓废，却以另外一段婚姻开启了生命重生之路。女孩内中千夏为爱而殉情，作者说："你为之殉情的不是我，而只是一个被你自己复活了虚像。比起幻灭过程漫长而尖锐的痛苦，死亡也许是一个不错的选择。"

古谷谜一样的失踪后续由安藤来完成。在寻找古谷的过程中，安藤完全由一个胖子变成了瘦子，却精神抖擞，作者在评价他时说"心不自救，便无药可救"而最后终于确定，安藤的寻找，不过是为了找寻失去的自己……

在经纬两条线索的重叠结构中，作者打通了人物之间的种种关联。一些看似没有关联的存在，也有了关联的必然。虚与实，真与假，整体与局部，无常与永生，都有了哲学意义的解读。作者好像一个魔幻中的导演，站在高纬度的某个点，俯视苍穹，一切都在斑斑点点的关联中，有了合理的解释。生死力量的顺延，真相与假象的迷送，虚与实的融合，像游戏中的卡点，一旦关隘打开，一切迎刃而解。生死存续，此消彼长是事实，所有的执念，都是自我捆绑。只有坦然面对，才能直面当下，消解执念，才能走向通透、自然、饱满与包容的人生。

放下生死执念，并不意味着冷漠与无情，作者反对不珍惜生命的毫无意义的耗损，对日本社会出现的种种貌似合理、合规矩的社会现象，也进行了毫不留情的质疑。

在这一点上，他高度提纯了个体精神纯度，让生命有了昂扬向上的意志：既然死亡是个不知何时就到来的结果，是人类必定的宿命，对每一个人而言，活着的每一天都有价值，何况在朝向死亡的路上，选择任何一种活法，无论这种活法是否符合社会属性，都应该被尊重、被承认，因为没有无缘无故的选择，都是"一切因素造成的必然"。

作者强调，灵魂的自我劫持，与环境无关、与对象无关，都是自我选择，当下即是宿命。但这种选择，亦是自然规律的选择，没有偶然只是必然。任何一个瞬时状态，都是包含着过去—现在—未来的不断生成变化的存在。生命以无常作为恒常，事物以局部显整体，"表象不是假象，而是局部的真实"。死亡，打破一种平衡，必定以另外一种平衡重生。每个人能抓住的，却只有这个包涵时空意义的当下，这大概也是日本物哀思想的现实意义。活在当下，与时光同在，即是永生。

整部小说看起来，都在系列生命中，演绎死亡——事物趋向性的走向。从这个意义上来说，惠子之死，堪称小说的"眼睛"。透过这双眼睛，穿越生死表象，打通了时空限制，生与死的限制，真与假的限制，虚与实的限制，无常与永生的限制，整体与局部的限制等，直抵内在——生命是具有集体意识的存在，死生同体，万物彼此依存，是虚空中的盛开的花朵，所有的执念都是痛苦的渊薮，是因果的起源，去掉执念，生命如同一幅自然流淌的沙画，发生的一切，都是平常，从而给出了"向死而生"的生命走向。

向死而生，意味着在朝向死亡的恐惧下理解生存。

文字不是用来记录已有的生活经验的，而是用来创造一种未曾体验过的、或许只存在于作者想象中的生活类型。这对于每个争先恐后地显示自己微小的存在感的人而言，他的文字呈现一种冷峻的高空之气，以饱满的诗性哲学，确定自己特立独行的思考。

作者文笔细腻，用字精准。在从容不迫的叙述中，逐渐被带入小说建构的情境中，在环环相扣的人物关系中，如修行一般，慢慢体会到自我意识觉醒的丰富与幽微，虚实相间、有无相生，呈现出一种浑然天成的整体感，从而抵达某种心理圆满，让读者看到了另外一片诗意的天空。

生命，是虚空里盛开的花朵。对人的命运产生直接作用的，往往是隐匿在时空中那些看不见的力量。沉溺于二元论的世界中，带来的只是捆绑，只有消解这些捆绑，才能更清醒地逍遥于天地间。

作者：亦夫

出版：人民文学出版社

出版日期：2019 年 8 月

这是亦夫小说《无花果落地的声响》给我最大的体会。

梁翠丽，女，硕士研究生，副教授，山东省作协会员、荣成市作协副主席，威海市文化名家。出版散文集《一路花开》《蔚蓝色的记忆》，以散文创作为主兼有文学评论等，现供职于威海海洋职业学院。

嘉

男

○

兰斋古怀

兰斋，是兰鹏燕先生的书旁大号。

兰斋里有文房四宝，有典籍图册，有红木家具，有字有画。

这倒也不稀奇，如今仿古的书斋多得是，都是高仿，至于主人是否压得住，大可怀疑。而兰斋的主人是真有古意，儿时在祖父传统典雅的书房浸润过的，连相貌都带着古韵，他自我调侃为"山顶洞人"是过于夸张了，不过古代智贤的风范是显见的。相由心生，心是装不得的，要见真章。兰先生可是会古诗，会书法，会作文的。会，在现代文化环境中，该是高标格的评价，时下多少律诗有性灵？多少书法真得法？多少文章见实存？都不会了。而兰先生又是活泼的，并不关在书房成一统，总要到处走走，四面望望，深入想想，回到书斋，便"安静地倾吐着自己的'蚕丝'，大则对世界苍生的思虑，小则描绘心灵上的阳光与愁云，年复一年，集文成卷"（《书旁》），不觉，这一本《秋声鸿影》又成了。兰先生命我为其作序，我竟忘记自己是否有此资格便爽快应承，因为几年前读过他的两本文集，发现他是会写文章的，知道他文字的价值。

兰先生此前的两本文集是《烛光灯影》和《陈迹遗影》，新文集于他自己的文脉是承流接响之作，一如既往地质朴，披着文化的长衫，慧眼清明，关注着人文，但每一项都是比从前更强化了，更着意了。在兰斋，这也是自然流露，文章是一种思考方式，没文化，少情志，就只能装腔作势。兰斋是官员出身，文笔却令人眼亮，有才，有趣，有情怀。作文写字之余，兰斋曾组织过本土文人雅士的雅集，那是他直接对古人兰亭雅集的致敬。又与本土画家邹本虹先生合作，谋划编撰了一本《桑梓春秋》，文学、绘画、书法、篆刻、摄影，万花集于一庭，却一线贯牵，具是他家乡乳山的人文历史与自然风光，精美的册页，当是后人捧读的福祉和愉悦。至于威海本土的城建文化，兰斋出谋献力更是常有的事。这一切，实实在在，有谋有雅，甚至有着十足的古代士大夫精神。因了这种情怀，兰斋的文章也就有了他自己的格调。

其一，视通万里，思接千载。兰斋可谓万水千山走遍，家乡的山水随时回去流连，一有机会就去外面的世界逛，仅就本书记录，国内的沂蒙、徐州、洛阳、洹水，国外的北欧诸国、俄罗斯、美国、英国、新马泰、澳大利亚，都被他丈量过了。他可不是稀里糊涂地白逛，心里揣着明白，装着文章，回到书斋，这些全都成了他案头的山水。一方方，有尺寸，有斤两，有剪裁，有位置，描摹现代文明，钩沉古代云烟，乡土风俗、历史典故和建筑风格诸多文化元素，适时穿插，如此，文章丰富饱满广阔，文意也颇有深度和精神向度。其精神指向，正是兰斋在《转山》中所说的，"通过步履上的丈量，达到精神上的回归与守望。"

其二，运裁百虑，悄然动容。素常友朋相聚，兰斋的言谈风格是幽默犀利，嬉笑怒骂，一鞭一条血，一掴一掌血，可在行文中，行到乡情、亲情处，他令人惊讶地节制、细心、柔软，亲人、泉水、节气、野菜、野花、小鸟，随意记录，心境散淡，笔触从容，却又着意着情，偶一幽默，也是抹去了棱角，多了几许敦厚与深情。这种细柔，用来记录生活中的某一场景，更是令人心下怦然。想想冬雪满地的早晨，兰斋夫妇撒米喂雀，该是多么静美的画面。观察之细，过程之生动，尽在《喂食》文中，从对冬鸟生存的惦念，到喂鸟后内心的喜悦，兰斋细致地描绘了人性善升华的心理线条，他自嘲："在头顶褪尽了毛发而大显光明的时候，似乎是打开了心灵的天窗。"这心灵，实为人性中慈悲柔软的部分，也正是人最可贵的本性。

其三，心生文辞，其神妙远。兰斋的文章，没有文人的拿腔捏调，有时会觉得他过于平淡结实了，但他滔滔汩汩说去，不忘精微处，总会在适当的时候荡开，点一处妙意，结实处有空灵。当他一口气说了许多洛阳的花香、馆子香，收笔一拐："洛阳还有些香气，是从老远老远的老辈子飘来，你在风中仔细闻闻，有些是来自隋炀帝游历大运河的楼船，有些来自武皇则天出宫的香车宝马。"（《闻香识洛阳》）笔尖轻轻一挑，就把人送到古代去了。而当他说了洹水一大堆古老沉重的历史文化后，又笔落河面，意味悠然："如今洹水安静了，一任风儿在芦苇间俯仰，听凭霞光在水面掠金。它轻快地驮负着'玄鸟商'，流向无边无际的远方。"（《洹水——映照上古文明的天空》）每到此类处，我心里就想，兰斋是会写的。

特别要提及的是，兰斋另有一套古色古香的语言，尤显古韵之功。现以《秋园记》短文为证：

> 昔祖父文斋公居东园，园有楸树，风姿卓然，若祖父之丰神。因之，寻植美楸于小园。吾素喜秋天，曾著文《秋颂》抒我襟怀。楸之谐秋，谓兰斋小园为秋园矣。
>
> 祖我以身，萍踪浪迹天下，虽无建功然不负祖德；秋我以魂，赋闲身居斯园，尚崇古贤而永续家声。夫切切心志，朗朗于秋园之上！

作者：兰鹏燕
出版：线装书局
出版日期：2020 年 9 月

兰斋其怀可见。本书命名为《秋声鸿影》，自是与他生命时段有关吧，但文章毫无凄凉日暮不可如何之意。兰斋，加上秋园，是谓兰先生安心立命的良田，何等安心。人生得安心不易，得安心足矣！

嘉男，原名孙桂丽，另有笔名迦南，女，中国作协会员，中国评论家协会会员，鲁迅文学院第十八届高研班学员，山东省作协签约作家。著有长篇历史小说《风定落花深》（合作）。在全国各级文学期刊发表大量中短篇小说及散文随笔，结集出版的作品有小说集《尘劳》《汉字的战争》《水做的树》、散文随笔集《听一只鸟在说什么》等。

蔺
红
伟

○

一部唱响文登家纺工业腾飞的恢宏史诗
——陈全伦长篇纪实文学《云龙舞》读后感

　　去年就听说陈全伦老师在撰写一部以文登女企业家、云龙集团创始人李国贤女士艰辛创业及云龙集团发展历程的长篇纪实文学。

　　作为一个文学爱好者来说，纪实文学这一文体的撰写难度我有所闻知。当然，我并非怀疑作者能否驾驭这种游离在新闻报道与文学作品之间的写作功力，而是感觉写长篇纪实不像小说那样，作者可以坐在家里，任凭想象去让人物丰满、故事精彩。它需要作者付出巨大的辛劳去调查、采访和挖掘。另外，写李国贤就必须写云龙绣品厂，写工厂必定离不开各种数字，那么多枯燥的数字凑在一起，会不会是一个硬邦邦总结性的报告呢？身为一个功成名就的国家一级作家，一个身体一直抱恙的花甲之年的人来说，坐在自己的创作室内，品着香茗构思着小说，不比他写纪实文学要轻松惬意，为什么非要选择一个难为自己的事情去做哪？

　　8月底，在新书的墨香中，带着自己的问题，我打开了这本书，连续看了三遍。第一遍粗略读了书中的大体内容，第二遍我细读书中每个章节的具体内容，第三遍，我在揣摩作者的写作手法。

　　看完之后，我不仅为李国贤及她的云龙团队的创业奇迹所感动，同时也被作者这一大气、厚重、丰满纪实作品的创作功力折服。

随着《云龙舞》一页页地翻开，战斗在文登工业战线上的一位杰出的女企业家，艰辛执着的创业画面扑面而来。这分明是一部由李国贤为首的云龙集团，与文登工业经济一起腾飞的恢宏奋斗史诗。

纪实文学向来是以独特的主题，来引起读者思想上共鸣的，作者的《云龙舞》也不例外。本书共有八个章节，二百零四个个性鲜明的主题。

第一章"抱龙河畔艰苦创业路"从"一本厂志打开的一段珍贵岁月"的小节开始，把人带到了1981年，那个由"车铺"式办公室和两间"破仓库"车间组成的绣品厂。全厂共39人，固定资产净值2.15万元，只有一个内销枕套的品种生产，其产值是5万元，一切都从这样的清贫开始。

本书的主角是李国贤，我以为作者会一直抓住李国贤这一人物为主脉络，去描写其创业的繁多经历，而看后才知我的肤浅。

作者用"三个人的领导班子""初战告捷及巧联目机绣产品""种子队的建设、厂内岗位大练兵""膨胀发展，内外销售双翻番"等多点位机位的方式推进叙述，齐头道来了企业"探索开拓喜迎新世代""困难与成功交织的1989""乘胜前进连获殊荣""十年奋争辉煌时""乔迁新址，九层高楼耸云天"等生机勃勃的发展局面，从而让人感受震撼的冲击。

第二章是"云龙呈祥二次腾飞"，文章正行云流水般地展现着"文登云龙，国际市场声誉日隆""连续两届当选全国人大代表"和"团结争先，两大指标突破四亿元""中国工艺家纺城与云龙品牌"等，诸多李国贤及云龙团队令人目不暇接的辉煌成就时，作者却在"历史节点的深情回顾"中戛然收笔了。似如痴如醉于一曲激昂交错震撼人心交响曲的高潮时，乐队指挥却潇洒地落下了手里的指挥棒一样，让人意犹未尽！

这就是国家一级作家的写作功力了，一个占据了全书三分之一份额的一、二章，一个多点开花齐头推进的叙述，讲的是李国贤，而在书中很少出现李国贤三个字。叙述的是工厂、市场、产品、产量、几个创始人、一大群职工绣工，而那个执着、睿智、开拓创新的李国贤影子又无处不在。

书写到这里，作者明确地将云龙发展的过程定格到此不再叙述了。那我的问题来了，剩下的三分之二的篇幅会做什么呢？

好奇心促使着我急不可待地看下去。

作者自第三章起，又另辟蹊径地叙述起来。如："心有多大舞台就有多大"，从李国贤心中的格局谈起；"一个企业和一个精英团队"，从李国贤的左膀右臂谈起；"做一个自豪的云龙人"，从员工心声谈起。这众多的片段内容，作者运用了蒙太奇交叉、对比的叙事方式，巧妙地把几个跳跃性比较大的情节，有机地结合起来，让其相互衬托。既丰满了李国贤这一人物的形象，又给人以情感及心灵上的冲击，使之产生了思想上极大的共鸣，一扫通常那些企业纪实性文章中的枯燥和生冷。

最后的第八章"并不遥远的2004以后"，单看小节标题，"岁岁龙在飞，年年云不同""激情暗涌向未来""不是尾声"等等，这还不够吗？这些还不足以让人心潮澎湃地对未来的云龙集团充满期待吗？

我感叹着这大师级的创作手法与功力，让我收获不小。但，这只是其一。

作为文登人，我对云龙集团并不陌生，因我老家鳌山村就是1982年绣品厂集中规划的六处管理点之一。对于李国贤其人，也是如雷贯耳。

然而，读过作者这部长篇纪实文学《云龙舞》后，我对李国贤及云龙集团那一点认识，早被那些接踵而至的震撼和感动所淹没了。

在这里我看到了一个让人励志的李国贤。当年在无人搭理问津的烟台交易会上，很多人会怎样选择，是顺其自然只做一个默默无闻的参观者吧？而正因李国贤有着坚韧刚强的执着，才有了她惊世的一举。于是，举来了绣品厂的未来和希望，举来了载入文登史册的云龙品牌，举出了文登家纺工业的腾飞。

在这里我看到了一个睿智果敢，困难打不垮的李国贤。1988年，国家进行结构性的调整，让我们认识了"市场疲软"这个词。1989年的"政治风波"，让我们听到了国外的一些无端指责。而李国贤他们面临的是市场疲软、资金紧张、原料涨价、产品滞销、大批国外合同撤约的多枚重锤，而这每一锤的打击，对他们企业来说，都是毁灭性的。正如作者所描述的那样："一时间，天低云暗，风雨如磐！"有多少个规模企业就在那时一蹶不振，直至倒闭。而正因李国贤有着冷静的头脑，没有惊慌失措，没有坐以待毙。她果敢地调整了发展思路和方向，从国内找出路，披坚执锐地带领她的团队杀出一条血路，年底依然完成了企业的各项数字的猛增长。

　　作者在工人与企业家之间的关系问题上，先有一定的篇幅去论证了英雄与人民的关系，后在书中多次提到李国贤反复要求，不要把笔墨都用在她一个人身上，要写写大家。无言胜有言地临摹了女企业家的胸怀与品格，也拉大了李国贤这个人物精神实质的张力。李国贤能把云龙集团发展成如此规模，能有那么多精英级和大师级的人物，几十年相佐于她的身边，自隐道理。

　　最后，作者又借用多个层面人物的嘴，争相讲述了李国贤感人的语言、行动和决策，让有温度、有情义的李国贤站立在我们面前。

　　曾几何时，我发现一旦有报道某成功人士、企业家的成功时，每每都将跟着一段让人扼腕叹息的不幸婚姻和爱情，像是成功与婚姻家庭的不幸总是一对孪生子一样。我不知道该去怀疑那成功人士的情商值，还是怀疑老天本就这样安排的。

　　而在本书里，我看到了一个有别于"通常"的成功企业家，李国贤对待亲情与爱情婚姻的态度，让我看到一个具有中华传统贤德品质的女性。在婆婆面前，她是温良孝顺的媳妇；在丈夫面前，她没有把在外面的成就拿到家里辉煌，她是个温柔体贴的妻子，这尤其难能可贵。在女儿面前，在外孙面前，她亦有舐犊之情。尽管事务缠身，没能给她过多的时间去展现这方面的天性，但她也没有放过每个得之不易的小闲暇，来表达自己女性的柔情。

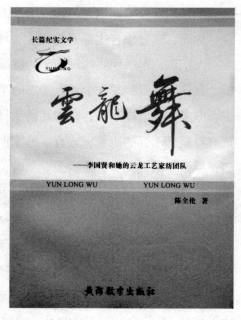

作者：陈全伦

出版：黄海数字出版社

出版日期：2015 年 8 月

　　通过作者多维度的描述，我了解了李国贤这位坚强自信、执着创新、睿智果敢又可爱可敬的文登女企业家。也看到了一个文登土地上，团结负重、自我加压、勇于创新、勇于争先的云龙团队和他们共同创造的辉煌。这是文登人自强不息、不甘人后、昂扬向上、勇于争先的缩影，是文登工业自主创新、追求卓越、朝气蓬勃发展的一个缩影，这更多的是"文登学"精神的彰显！

我终于理解作者为什么要付出巨大辛苦，来完成这一部作品的目的了。透过这本《云龙舞》，我看到了陈全伦老师身上的那种：人民的文艺工作者要欢乐着人民的欢乐，忧患着人民的忧患的乡国情怀！

《云龙舞》是一部彰显文登人自强不息，勇于拼搏正能量的作品，李国贤及陈全伦在此都给文登人做出了榜样！

　　蔺红伟，女，1963 年 5 月生，文登作协会员，威海诗词学会会员，中国楹联学会会员。代表作：长篇言情小说《新娘祭》、长篇战争题材小说《喋血向阳山》、中篇小说《义士黄二男》《张孟浪与招兵站》，散文《母亲的梅》《醉在文峰园》、诗赋联《威海高区赋》《女人与红酒赋》。

后 记

◎张敬滋

历经半年的努力，《眼亮花》终于编辑完成。即将付梓之际，写点简单的文字，表达心声，作为后记。

2021年，是中国共产党成立100周年，"中国共产党从成立之日起，既是中国先进文化的积极引领者和践行者，又是中华优秀传统文化的忠实传承者和弘扬者。"作为这个队伍中的一员，在新百年开局之际，我策划、主编这本《眼亮花》，邀约了39位威海作家创作的39篇"读书有感"文章，为党的百年华诞献上一份薄礼。诗人臧克家说："读过一本好书，像交了一个益友。"于作家而言，读书与写作，密不可分。读书能让写作深刻，写作也会让读书优雅。只有多读书、读好书，汲取先人和众家的各类营养，提升文化、道德境界，深入生活、扎根人民，笔耕不辍，才有可能创作出具有时代特色的佳作。于读者而言，无论对于工作或是生活，读书都是不可或缺的。阅读是人类认识世界的基本方式，也关乎国民素质及文明程度。

本书推介的作家，多为本人直接邀约，部分通过朋友邀约。限于本人时间、精力和经济能力，还有一些认识的作家，未及邀约。在这里，也想对您说声抱歉！无它，做点小事情，不能尽善尽美也。书中文章的排序，不论资历和年龄，按照作家姓氏笔画为序。作品皆为佳作，但为通盘考虑，在遴选过程中与有关人士作了沟通，适当作了删减，尤其是对品读同一位作家的同一部书籍的文章，只保留了一篇，在此特别说明，请各位理解，并感谢你们付出的辛苦。书中对作家们所品味的书籍不限，名著也好、草根（出书）也罢，只要选的书有文学艺术价值、有人生启迪意义，文章写得有嚼头、有味道。

本书邀约的作家们都在第一时间予以响应、支持，山东大学文化传播学院院长、威海市作家协会主席张红军先生更是率先鼎助。入选的作品大都是新近创作，情感之外，彰显着威海作家们读书与写作的情怀，文化与生活的积淀，责任与担当的自觉，初心与使命的践行。一本好书，一篇赏析好文，绝不是一加一等于二的收获，这里面还映照着书的作者、读书赏析人对于生活、读书与写作的实践、感悟与思考。这些，相信读者朋友会感悟到的，这也是本书潜在的内质，也是我以一己之力为作家们做这件事的深层思考。成就我们的，往往就是这些闪光的思想。开卷有益。读者朋友既可从书中读到思想深邃、文采飞扬的好文，也可从中窥见诸多好书，对于提升自我鉴赏与写作水平，以及"爱文及书、及人"，收获喜爱之书、喜爱之作家，都有帮助的。

百岁光阴弹指过，要留温暖在人间。站在"两个一百年"的历史交汇点上，全面建设社会主义现代化国家新征程已经开启。"征途漫漫，惟有奋斗；只争朝夕，不负韶华。"在这个伟大的新时代，习近平总书记谆谆告诫："人民对美好生活的向往，就是我们的奋斗目标。"我们有理由激励自己砥砺奉献、担当有为。坚定文化自信，牢记初心使命，做到"四个讴歌"，引领手不释卷蔚然成风，推动社会主义文化繁荣兴盛，有你、有我、有大家，让我们一起加油！

感谢我的好友——作风优良、钟情文化的于程程先生对本书出版给予的大力支持；感谢老乡作家兰鹏燕先生拨冗亲临编者家中采访，以其一贯的严谨态度和求实作风为本书作序；感谢苏军先生、高玉山先生、荒田先生、张敬源先生、宋修霞女士在成书过程中的建议、帮助与支持；感谢李喜华主席、王华英主席代为邀约作家作品；感谢南京艺术学院书法博士、著名书画家刘元堂先生为本书题写书名；感谢书画家于永强先生为本书治印；感谢所有支持、参与本书创作的作家朋友们，是你们怀揣责任、心存美好，共同成就了本书。

虽然尽心尽力，错误与不足之处难免，恳请作者、读者朋友们批评指正。

2021 年 6 月于山东乳山